「はーい、こっち見てー」

「おっとその前に～。
せっかくだから二人とも
手でハート作ってー？」

人数合わせで合コンに参加した俺は、なぜか余り物になってた元人気アイドルで国宝級の美少女をお持ち帰りしました。

星野星野

PASH!文庫

目　次

プロローグ

高校一年生の冬。

全国高校サッカー選手権大会への出場を逃したサッカーの名門――星神《せいじん》学園高校のサッカー部に所属している俺は、同じサッカー部の面々と寮の一室にこたつを置き、持ち寄った菓子とみかんを食べながら、テレビの前で大会を眺めることしかできなかった。

『ではお呼びしましょう！　今大会の公式マネージャーで、人気アイドルグループGenesistars の絶対的センター！　綺羅星絢音《きらぼしあやね》さんです！』

綺羅星絢音？　テレビとかでよく聞く名前だけど、アイドルに疎いからあんまり知らないんだよな。

司会者から呼ばれた【綺羅星絢音】というアイドルがスタジオに顔を出した瞬間、サッカー解説者しかいなかったむさ苦しいスタジオの空気が一気に変わる。

『全国高校サッカー選手権大会公式マネージャーの綺羅星絢音です！　わたしと同じ高校

生のみんながサッカーで頑張る姿を、テレビの前のたくさんの人に届けられるよう頑張ります！』

燦々《さんさん》と降り注ぐ陽光のような明るさとやけに甲高い声。栗色《くりいろ》のミディアムショートヘアと真っ直ぐなその瞳が、彼女の明るい印象をさらに色濃くしている。

『綺羅星ちゃん、制服似合ってるねー』

『ありがとうございますっ！』

全国高校サッカー選手権大会の公式マネージャーということで、チェック柄のスカートと紺色のブレザーという女子高生らしい装いをしている。その姿は男子校の俺たちからしたら別次元の生物のようにも思えて、一緒に観《み》ていた男たちが指笛を吹きながら歓喜する。

「うおー！　綺羅星絢音かわえー！　今、高校二年生なんだよな」

「数百年に一人の美少女って言われるだけある。俺たちも大学行ったらこんな女子と付き合いてーよな、槇島《まきしま》？」

「お、おう」

数百年に一人の美少女、か。

歌って踊って、いつも周りに持て囃《はや》されて……俺と同じ高校生なのに凄《すご》いな。

この時の俺は、綺羅星絢音を別世界の住民、遥《はる》かに遠い存在だと思った。

でも、あれくらい可愛《かわい》い女の子と付き合えたらどれだけ人生幸せか——なんて、男子高生らしい妄想も大概にしねえとな。

三年後、あんな場所で彼女に出会うなんて、この時の俺は知る由もなかった——。

一章　合コンで余っていたのは元超人気アイドル。

――私立高東《こうとう》大学。

私立大学では最難関とされる偏差値と、国内トップクラスのアスリートが集まる名門大学。

数多くの著名人を輩出し、日本を代表するスポーツエリートを何人も生み出してきた。

そんな文武両道のエリートが集まる高東大学に、今年の春から通っている俺の名前は槇《まき》島祐太郎《しまゆうたろう》。

高校の三年間をサッカーに注いでしまった俺が勉強で高東大に受かるわけもなく、サッカーのスポーツ推薦入試に合格することで入学した（つまり頭は普通に悪い）。

「おい一年！　さっさとランニング終わらせろ！」

「「「はいっ！」」」

高東大サッカー部は、関東大学サッカーリーグ二連覇中の強豪で、毎日かなりハードな練習をしている。

まだ入部したての俺たち一年生は、ボールを使ったトレーニングよりも体力づくりを主としたトレーニングを課せられ、今もひたすらグラウンドを往復させられていた。

ダッシュ開始から一時間が経《た》った頃、やっと終了のホイッスルが吹かれ、一年生のほぼ全員がその場に倒れ込む。

すっかり日も暮れて、クタクタになりながらフィールドの中央で大の字になって寝転がっていると、誰かが覗《のぞ》き込んでくる。

「生きてますかぁー？」

スクイズボトルを持って現れたのは、チームメイトで同じ一年の阿崎清一《あざきせいいち》。

チャラチャラした天パーの髪型が特徴的な、俺と同じスポーツ推薦組のバカ。

「……絶賛死んでまーす」

「ほお、死んでるのかぁ。じゃあ水をかけられても怒らないな？」

阿崎は蓋の開いたスクイズボトルを逆さにして、俺の顔面に水をぶっかけた。

滝のように注がれた水が、一気に俺の鼻と口に浸入してきて、俺はむせ返る。

「ごほぉっごほぁっ！　おまっ！　ふざけんな阿崎！」

半ギレで追いかけ回すと、阿崎は自慢の足で俺の追走を振り切る。

「まぁまぁ、そう怒んなって」

「くっそ、あれだけ走ったのになんでそんな元気なんだよ」

「そりゃあ元気に決まってる。だってこの後――」

阿崎はウインクしながらスマホの画面を俺の方に向ける。

そこには阿崎と誰かのチャットが映し出されていた。

何かを計画するような会話を繰り返しており、「合コン」というワードが頻繁に見受けられる。

「伊沢《いざわ》ゼミに『藍原《あいはら》』って子いるだろ」

「あぁ……前にお前が可愛《かわい》いって言ってた？」

「そうそう！　この前、伊沢ゼミの女子に頼んで藍原さんが参加する合コンを組んでもらったんだよ！」

興奮状態の阿崎は、俺の胸ぐらを摑《つか》むとブンブン揺らしながら自慢してくる。

「凄《すご》いだろ！」

「ふーん」

「そんで！　その合コンは今日の夜八時から！」

「へぇー」

「……お前、なんで興味ないフリしてんだ？　藍原さんのボンッ・キュッ・ボンッボディを見たら誰でも下半身にテントが」

「んなことより、その合コンは八時からなんだろ？　さっさと上がれよ」

シッシッと言いながら手で追い払うと、阿崎は「ムフフ」と気持ちの悪い笑みを溢《こぼ》した。

「槙島ぁ、お前も行くんだよー」

「……は、はぁ⁉」

「女子四人なんだけど、男子側の人数が合わなかったから、勝手にお前を入れといた」

「ふっざけんな！　おい！」

キレた俺が阿崎に摑みかかると、阿崎は華麗にそれをかわしてスクイズを投げてくる。

そのスクイズを両手でキャッチした時には、阿崎は手を振って逃げていた。

「お前もいい加減女を抱いてみろー！　サッカーボールばっか追いかけてたらヤることもヤれずに死んじまうぞー」

「うるせっ！」

阿崎は得意の下ネタを捨《す》て台詞《ぜりふ》に、スキップでグラウンドを後にした。

あいつは女性経験豊富なのを自慢しながら、いつも俺を煽《あお》ってくるので腹が立つ。

その割に女子たちの前では経験豊富な雰囲気を出さないところが、さらにウザい。

「さ、合コンは無視して、自主練するか」

俺が自主練するために立ち上がると、阿崎が駆け足で戻ってくる。

「槇島ー！　一つ言い忘れてた」

「なんだよ、合コンなら行かなー――」

「ファッションに無頓着なお前のために、ジャケット一着持ってきてやったから」

「ジャケット？　余計なお世話だ」

「余計なお世話って、お前いつもジャージじゃねーか！　それに部活のない日の講義だって、地方のヤンキーみたいな服装で来るし！」

痛いところを突いてくる阿崎。

服に無頓着なのは事実だし、い、言い返せねぇ。

男子校出身で、これまでサッカーしかやってこなかった俺はとてもじゃないが、ファッションセンスがあるとは言えない。

高校時代も寮住みで、彼女とかもいなかったし、身だしなみに気をつけたことなんてなかった。

「合コンはな、就活面接と同じだと思え。女の子に自分の商品価値をアピールするんだよ」

「チッ、さっきから偉そうに……」

「とにかく！　ジャケットはお前のロッカーに掛けておいたから、自主練なんてさっさと終わらせて、指定した店に来いよー」

最後にそう言って、阿崎は先に上がっていった。

合コン……か。

俺は足元に転がっていたサッカーボールを見つめる。

サッカー以外に俺の心の拠《よ》り所《どころ》なんて、ないんだけどな。

俺を含めた数名の一年生は、グラウンドの消灯時間ギリギリまでボールを蹴っていた。

☆☆

合コンは大学近くのカラオケ付きレンタルスペースでやっているらしく、俺は一度、シャワーで汗を流すために自分のマンションへ戻ることにした。

大学から徒歩八分の場所にある築二十年のマンションの一室に帰ってきて、シャワーを浴び、着替え終わったら阿崎に借りた黒地のジャケットを羽織って部屋を出る。

「うーっ。ちょっと寒いな」

春先の東京はまだ冷たい風が吹き抜ける。

さっきはボールを蹴っていたから身体《からだ》が温まっていたが、シャワーを浴びた後の俺の身体は寒さに耐えられず、道中のコンビニでカイロを買って、阿崎から借りた上着のポケットに手を突っ込んだ。

「ん？　なんだこれ」

突っ込んだその手がポケットの中で触れたのは――ゴム状のアレと何重にも折り畳まれた紙。

「あのエロガキ……ポケットになんでこんなもん入れてんだよ」

そう言いながらも、俺はそのブツを財布の中にしまった。

（まぁ？　そういう展開になるかもしれないからな）

「それと、一緒に入ってたこの紙は？」

何重にも折り畳まれた紙を開いていくと、何やら文字のようなものが見えてきた。

『親友の槇島へ』

俺宛ての手紙？

『槇島、お前にはミッションがある。この合コンではお前以外の男たちは狙っている女子の前の席に座るようになってる。だから、ターゲットのいないお前は余った席に座って、目の前にいる余った女子をお持ち帰りしてくれ！　親友の阿崎より』

スマートフォンが普及した現代で、なぜわざわざ手紙なのか理解に苦しむな。

俺は歩きながらその手紙を何度か見返す。

要するに、自分たちには狙ってる女がいるから、俺は余った子と仲良くやれってことか？　阿崎の奴《やつ》いくらなんでも都合が良すぎるっ。

人数合わせで参加してやるだけでもありがたいと思って欲しいのに、余り物の女の子を持ち帰れだと？

「ふざけんじゃゃ——っ」

怒りに任せて手紙を破ろうとした時、たまたま反対側にも文字があることに気がつく。

『——もし、ミッションを達成したら報酬がある。報酬はお前が欲しがっていた、新作のスパイク、さらに東京フロンティア第三節の試合チケットＳＳ席二枚だ！（その女の子と行け！）。俺は本気だ、頼むぞ槇島！』

「阿崎お前……俺は最高の友人を持ったぜ」

新しいスパイクが欲しかった俺にとって、この報酬は最高の条件すぎる。

人数合わせで合コンに一回参加するだけでこれだけの報酬が手に入るとか、得しかないだろ。

テンションが上がりきった俺はルンルンで会場に向かい、大学から五分の場所にあるレンタルスペースの一室に到着。

部屋の中から笑い声が聞こえる。

もう盛り上がってるみたいだな。

「失礼しまーす」

「槇島～遅いぞ」

「すまんすまん」

俺は阿崎にウインクしながら入る。

阿崎の方も、俺が例の手紙を読んだのを感じ取ったのか、ウインクを返してきた。

「やっと来たな、槇島」

「ああ、来てやったぜ……（さっさとスパイク寄越《よこ》せ）」

レンタルスペースの中にいるのはサッカー部の男子たち三人と女子四人。

長テーブルを挟み男女で楽しげに会話していたようだが、俺が入室すると、女子たちの視線が一斉に俺へ集まった。

「えっと、槇島祐太郎です。こいつらと同じサッカー部で」

「槇島くんよろー」

「ねーねー、槇島くんも座ってー！」

気の強そうなストレートヘアの女子とショートボブのゆるふわ女子に促され、俺は男子側の一番端の席に座った。

「藍原っ、槇島くん来たよ。良かったね」

「ちょっとゆーこ、やめて」

俺の右斜め前に座るサイドアップの藍原という女子。

彼女が阿崎の狙ってる子だな。

確かに他の子に比べるとダントツで可愛いと思う。


——だが、そんなことどうでもいい。


俺にとって、目の前に座る女子たちがスパイクにしか見えない。

新作のめっちゃ軽くてフィットするスパイク——店で試し履きしたものの、資金的に手を出せなかった。

ささっと合コンを終わらせて、あのスパイクを手に入れてみせる。

「じゃあさ、メシが届くまで一対一で話すことにしね？　最初に誰と話すのかはアプリのルーレットで決めるか」

阿崎の提案にみんなが「うぇーい」と答え、ルーレットが回った。

☆☆

一対一の会話は部屋を目一杯使って、各々離れた場所で行われた。

一通り話し終わったら、まだ話し足りないと思った子と自由に話すことになっている。

俺は最初にゆるふわ女子、次に気の強そうな女子が回ってきたので自己紹介を交えて色々話した。

どっちも今時の女子大生って感じで、ゆるふわ女子の高野《たかの》はＳＮＳでファッション系の動画を上げてるらしく、フォロワーが十万人以上いるらしい。

気の強そうな五十嵐《いがらし》は陸上部らしく、小中高と全国大会で連続優勝してるくらいの有望株だとか。

そして、五十嵐の後に回ってきたのは、藍原。

「えっと……藍原ゆずです。槇島くん、だよね」

「お、おう」

藍原はやけにパチクリと瞬《まばた》きをして、一度も目を合わせてくれない。

まだ喋《しゃべ》ったことないのに、俺、なんかしちゃったか？

「この前やってたBチームの試合、たまたま観《み》かけたんだけど」

「それって俺がトラップミスして、カウンターで決められたやつだよな？　いやぁカッコ悪《わ》りぃよな、俺」

「そんなことないよ！　あれはフォワードの槇島くんがポストプレーで慣れない中盤まで下りてたから敵のボランチの激しいプレス食らってロストしちゃっただけで、あそこは槇島くんというより、チーム全体が引き気味に」

「えっと、藍原？　急にどうしたんだ？」

「……っ！」

熱心に擁護してくれた藍原は、俺が声をかけると我に返ったようにハッとして、赤面した。

「わ、私、サッカー好きで！」

「へぇ、好きなチームは？」

「東フロ！」

「まじで？　俺も東京フロンティアのファンでさ！」

お、おっと、いかんいかん。

サッカーになるとつい話し込んでしまう。

この子は阿崎が狙ってるんだもんな、ここは阿崎のためにアシストしてやんないと。

「そ、それなら阿崎とお似合いなんじゃないか？　阿崎のヤツさ、ああ見えてサッカー偏差値高いし、来年にはAチームのスタメンになるだろうって、コーチが」

「そう、だね……はは」

藍原は乾いた笑いを漏らしながらジュースを手に取る。

もしかしてこの子、阿崎のこと嫌いなのか？

でも阿崎の野郎にアシストしてやんないと、俺はスパイクが手に入らないかもしれないし……。

「次は阿崎だろ？　あいつ、チャラチャラしてっけどほんとはめっちゃいいヤツでさ」

「……うん」

「サッカー好きな藍原とも気が合うと思――」

その時だった。

俺と藍原の間に伸びてきた白肌の手が、テーブルをコツンとノックした。

「藍原さん。もう終わったから来たんだけど……」

女子グループの最後の一人は、さっき俺の前に座っていた、赤いカチューシャをしたメガネの女子。

黒いマスクもしていて、表情が全く読めない。

「ご、ごめんね、佐々木《ささき》ちゃん」

藍原はペコリと会釈して、「また、お話しできたら来るね」と残して阿崎の方へ行った。

阿崎、俺はできる限りのことはしてやった。あとは頑張れよ。

「……ねぇキミの名前は？」

藍原と俺の会話を遮ってきた女子が俺に名前を訊ねてくる。

「俺は、槙島祐太郎」

「ふーん」

今までの子とは少し違って、やけにミステリアスな雰囲気があり、ウェーブのかかったミディアムショートヘアの髪と細い眉が特徴的。

背丈は１６０センチ前後くらいで、不健康なほどに真っ白な肌と、やけに細い身体。スカートから見える足もやけに細い。

「わたしの名前は佐々木絢音《あやね》、よろしく槙島くん」

佐々木絢音さん、ね。

他の女子とは違い、かなり落ち着いている印象だ。

着ている服もライトブラウンのカーディガンに黒のスカートで、あまり目立たない。

合コンに来る女子ってもっと派手に遊んでそうな印象があったけど、藍原やこの子を見てると、そうじゃない子も来るもんなんだな。

「佐々木は周りの子とちょっと違う感じだけど、なんで合コンに？」

「わたしは人数合わせで仕方なく……」

「ま、まじかっ！　実は俺も人数合わせで来たんだけどさ――」

「それは絶対嘘《うそ》でしょ」

佐々木は目を逸《そ》らしながらボソッと呟《つぶや》く。

「は？　嘘なんかついて」

「わたし以外の女子三人は、ここに来る時にキミのことばっかり話してたんだけど？」

俺のこと……？

それって、一体全体どういうことだ？

状況が理解できずポカンとしていると、佐々木は「なるほど」と呟いた。

「要するに、キミは餌にされたんじゃない？」

「え、餌？」

「わたし以外の女の子たちを呼ぶための餌よ」

「……餌っ⁉」

そうかっ！　俺が無理矢理、合コンのメンバーに入れられたのも、俺が部屋に入ってきた時の女子グループの反応も、全部……そう考えれば合点がいく。

「阿崎の野郎！　やっぱあいつ、相棒でもなんでもねぇ、親友を餌にするなんてクズじゃねーか！」

「怒ってるの？」

「当たり前だ！　あいつは俺をダシにしたんだぞ！」

「ふーん……。なら、そんなキミに一つ提案があるんだけど？」

「て、提案？」

「わたしはさっさとここから抜け出したい。キミも餌にされたから同意見。なら、利害は一致してる」

「それってつまり、俺たち二人で抜け出す……ってことか？」

「そう。それと……キミにだけは見せてあげる」

「見せるって……何を？」

言った瞬間、佐々木はメガネを外し、マスクも外してジュースを飲み干す。

唇の左下にある小さなホクロ……。

それにちょっとSっ気のある吊り目《つめ》……。

この顔……どこかで。

「分からないの？」

――っっ！

三年前、こたつの中でダラダラしながら、テレビを観ていた時の記憶が蘇《よみがえ》る。

「お、おおおお、お前、まさか、綺羅《きら》――っ」

「シッ！　さぁ行くよ、槇島っ」

完全に思い出した。

彼女は佐々木絢音じゃない。

彼女は三年前、俺が高校一年生の時に全国高校サッカー選手権大会の公式マネージャーをやっていた、アイドルの……！

佐々木はマスクとメガネを着け直すと、俺の手を取り、五十嵐の元へ向かう。

「五十嵐さーん！　わたし、槇島くんと意気投合しちゃったから抜けるね」

「え、ちょっと佐々木ちゃん待って！　槇島くんは」

「おう槇島！　抜けてもOKだぜ！」

女子たちはそれを聞いて急に不満げな顔をした。

阿崎と他二人の男たちはアホなのでウインクで俺を送り出してくれた。

阿崎、お前が俺を騙《だま》してやったことは、レッドカードと三試合の出場停止くらいの大罪だが、今回は佐々木絢音のおかげで史上最高のキラーパスに変わったぜ。

だってよ、数合わせで来たこいつは——。

俺と佐々木は手を繋《つな》ぎながら走って外へと抜け出す。

「ほんとに抜け出しちゃったね、槇島くん」

「おう……」

俺たちはそのまま歩いて大学の前にある河川敷の草むらに並んで座った。

「単刀直入に聞く。お前はあの元人気アイドルの……〝綺羅星《きらぼし》絢音〟なのか？」

「せーかい。なーんだ、知ってたんだ」

「日本人ならお前の名前を知らない奴はいねぇって」

綺羅星絢音は国民的アイドルグループGenesistarsの中心人物……だったが、二年前に突如芸能界を引退した元人気アイドル――。

確か、学業に専念したいという理由で辞めたらしいが……。

「綺羅星絢音って、Genesistarsで不動のセンターだったんだろ？」

「なーんか浅い知識だなぁ」

「そうだ！　全国高校サッカー選手権大会の公式マネージャーもやってたよな？」

「それは、キミがサッカー部だったから知ってるんでしょ？　わたしのこと、もっと詳しく知らないの？」

「だって俺、綺羅星のファンとかじゃなかったし……これ以上のことは知らないっていうか」

「ならわたしが直々に教えてあげる」

そう言うと星空に向かって手を伸ばした。

「――Genesistars。始まりの輝きを目指し、九十人の選ばれた少女たちが集まったアイドルグループ。その中でも本当の星の輝きを放った女の子だけが、センターになれるの――そしてそれは、わたしのことだった」

「なんだ、結局自慢かよ」

「自慢ですぅー。だってわたしはこの夜空の星たちと同じ光を放てるんだから――」

佐々木は立ち上がると、さっきより大きく手を広げて夜空を仰ぐ。

「――って、思ってたんだけど」

「けど？」

「同じグループの子と意見が衝突しちゃって。わたしとその子はセンターとリーダーの関係。不仲説が流れたらグループの崩壊を招きかねない」

「つまり、辞めた理由は学業に専念するとかじゃなかったんだな？」

「当たり前。綺羅星絢音はメンバーと喧嘩《けんか》したから辞めまーす、なんて言えないでしょ？結果的にわたしのせいで、その子も辞めることになってGenesistarsはセンターとリーダーの両方を失った。ほんと、どうしようもないよね」

返す言葉が、見つからない。

漫画のカッコいい主人公なら「そんなことない！」とか、「お前は悪くない！」って言って、彼女を擁護するかもしれないが、今の俺はそれを言えるほど立派な人間じゃない。

「あーあ、久しぶりに走ったからわたしもう汗だらだら。どこかで休憩してかない？」

「休憩ってラブホのことか？」

「ら、らぶっ!?　違う！　神聖なアイドルに向かってなんてこと言ってんの！」

「〝元〟だろ」

「関係ないの！」

佐々木は顔を真っ赤にして怒っている。

その豊かな感情の変化を見ていると、元アイドルとは思えないくらい身近な存在に思えた。

さっきまでは冷たいと感じていた春の夜風が、この河川敷では心地よく感じられた。

「キミってデリカシーないんだね！」

「だって話し方的に俺のこと誘ってんのかと思って」

「はぁ!?」

佐々木は再び、月明かりだけでも分かるくらい、頬を赤く染めた。

「ばか！　キミみたいな男……最初《はじめ》から誘うわけないじゃん！」

「まっ、そうだよな」

返事をしながら、俺は草むらに寝転んだ。

「俺、スポーツマンのくせに普段からめっちゃだらしない生活してるし、服もジャージを着回してるし、バイトと仕送りで得た金も全部スパイクに使っちまう。ほんと、どうしようもないやつだよな」

「自虐的にならないの！　男の子でしょ！」

「そりゃ、男の子だけどよー」

ナーバスな気分になった俺に合わせてくれたのか、佐々木は俺の隣に座り直す。

二人で夜風に吹かれているこの時間はなんだか青春っぽかった。

「今、気づいたんだけどさ」

「どうしたの？」

「綺羅星絢音って、たしか俺より一つ年上だったよな」

「はぁ、今更？」

「……す、すみません」

「敬語やめて。同じ大学一年生なんだから」

「すんません」

「やめろっつってんの」

佐々木は寝転がる俺の鼻先を人差し指でぐりぐりしてくる。

「やっ、わ、分かったから！　タメ語でいいんだな、綺羅星？」

「綺羅星って呼ぶのもやめて。本名は佐々木絢音だから」

「じゃあ佐々木。これでいいのか？」

「よろしい」

佐々木は笑顔で返事して俺の鼻先を指でピンッと弾《はじ》いた。

「こんなおバカなキミでもサッカーは得意なんでしょ？　よし、この選手権大会公式マネージャーのわたしが直々に観に行ってあげようかな？」

「別に無理して来なくていいよ。次の試合も、どうせ俺ベンチだし」

「弱気になるな！　サッカーだろうがなんだろうが、向上心がない人間は淘汰《とうた》されるだけ！」

「なんか元アイドルさんが熱血っぽいこと言ってるんだが」

「いい？　次の試合、わたしが観に行ってあげるから、絶対に点を決めること！　できなかったら罰ゲームだから！」

「ば、ばつげーむ？」

「うん。内容は、そうだなぁー。わたしの言うことを〝なんでも〟一つ聞く。それでどう？」

うわぁ。なにそのベタな約束。

下手に約束するとその方がプレッシャーでやりづらいんだが……。

「ちなみに約束通り俺が点決めたら？」

「……お、おめでとー。ひゅーっ」

「何もなしなのかよ」

「仕方ない、じゃあご飯ご馳走《ちそう》してあげる」

「ご飯？」

「とっておきのディナーを用意してあげる。これでどう？」

「どう？　と言われましても」

「断るなら明日《あした》五十嵐さんたちに、キミと抜け出した後、強引にヤられたってあることないこと言いふらすよ〜？」

それは面倒なことになりそうな……ならないような。

「ヤる前提みたいな合コンから抜け出してる時点で、そんなこと言いふらしてもダメージはないような……」

「藍原さん、ガッカリするだろうなぁ」

「あのさ、藍原を好きなのは阿崎の方だから」

「え、あんなに仲良さそうに話してたのに藍原さんのこと好きじゃないの？」

「そりゃ可愛いとは思う。スタイルも良いし、サッカーも好きだし、かなり良さげな子だけど、阿崎が狙ってるから俺は……」

「ふーん」

「なんだよその疑いの目は」

「ま、それは置いといて。さっきの約束、するでしょ？」

佐々木は俺の胸を人差し指でツンツンしながら問いかける。

たとえ次の試合ノーゴールでも、佐々木のことだから酷《ひど》い命令はしないだろうし、逆に点決めたら、とっておきのディナーを奢ってもらえるわけだし。

「……よし、約束する。次の試合、スタメンだろうが途中出場だろうが絶対点決めてやる」

「うんうんっ。それでこそ男の子だ」

佐々木はその後、次の試合の日付を聞いてきて、それをメモしたらそのまま走って帰っていってしまった。

「またね、槙島っ」

元アイドルで、謎に熱血コーチみたいで、やけに馴《な》れ馴《な》れしい。

最初から最後まで不思議なヤツだったな。

こんな時間だし、彼女を家まで送るべきだっただろうか？

いや、駅も近いし変に気を遣うとキモがられるからやめとくか。

佐々木の後ろ姿を見送ってから、俺は河川敷を歩いてマンションの自室に帰ってきた。

ジャケットを脱いで、ソファで足を伸ばしながらスマホを確認すると、チャットアプリの『lime』にメッセージが入っていた。

『阿崎：こっちは持ち帰り失敗（泣）。お前だけずりーぞ！』

はぁ……俺の方は元アイドルと変な約束を交わすほどの仲になったというのに、お前らときたら。持ち帰りすらできてないなんてな（俺もできてないが）。

一応、俺は上手《うま》くやった方だが、ここは空気を読んでこいつに合わせておくか。

『槇島：俺も店を抜ける口実に使われただけだった』

『阿崎：そうなのか！　なら良かった（安堵《あんど》）。やっぱサッカーバカのお前に恋愛とか無理だよなぁ』

阿崎の野郎やっぱウザいな。

一週間くらいブロックしとこ。

☆☆

帰宅後にのんびり風呂に入ってからポカポカした身体でベッドに横になって、綺羅星絢音のことをスマホで検索してみた。

――消えた天才。

――国宝級と言われた令和を代表する美少女アイドル。

――Genesistars 総選挙で連続一位。

調べれば調べるほど凄い肩書きが出てきて、綺羅星絢音は俺の想像を遥《はる》かに超えた世界の住民だと、改めて思い知らされた。

「ん、これって」

調べていると、三年前のドームライブのリンクを見つけた。

全国高校サッカー選手権大会公式マネージャーや、バラエティ番組に出てる綺羅星絢音は観たことあるけど、実際にライブに出てる彼女の姿は観たことがなかった。

興味本位でリンク先に飛んでみると、動画サイトに飛ばされて、再生開始から綺羅星絢音の顔がアップで映っていた。

『みんなー！　もっと声出してー！　もっとー！』

『『『ウォォォォォ！！』』』


ドーム球場にセッティングされた煌《きら》びやかなステージの上で、可憐《かれん》な衣装を身に纏《まと》い、誰よりも眩《まぶ》しく笑う綺羅星絢音。

さっきまで会っていた佐々木と同一人物だと思えないくらいに、明るい表情を見せ、甲高い声で観客を盛り上げる。

映像にあるような会場の熱気と同様に、動画のコメント欄は綺羅星の引退を悲しむ声で溢《あふ》れていた。

元国民的アイドルだから当たり前なのかもしれないが、綺羅星絢音ってこんなにも大勢の人に愛されたアイドルだったのか。

国宝級の美少女……なんかスゲェやつとお近づきになっちまったんだな。

「あーくっそ！　サッカーに集中したいのに、佐々木のことばっか考えちまう！」

試合も近い、余計なことに時間を使ってる余裕はないだろ。

今はアイドルじゃなくてサッカーを観ておかないと。

「佐々木のことは一旦置いておいて、今はサッカーに……」

そう思いながらも眠る寸前まで綺羅星の動画を観てしまう俺だった。


——翌朝。

朝の日差しが俺の顔を照らす。

……あー、やっべ。カーテン閉めるの忘れ——っ。

「……っは！　時間っ！」

目が覚めた時には既に朝七時を回っていた。

今日は一限から講義があるから、六時に起きて日課のランニングをする必要があったのだ。

「早く支度しねーと！」

寝坊したからランニングをしてる余裕はないし、今日の講義はレジュメをダウンロードして印刷しないといけない。

その時間を考えたらもう部屋を出ないと間に合わない。

俺は冷蔵庫にあった惣菜《そうざい》パンを水で無理やり流し込むと、ワックスで髪を整えながら、サッカー部のジャージを羽織ってマンションを出た。

「あ、鍵鍵！」

もちろん鍵も閉めて。

☆☆

三階にある講義用の小教室へダッシュで向かう。

一限の講義って人が少ないから遅刻すると悪目立ちするんだよな。

階段を駆け上がり、チャイムと同時になんとか教室に入った俺は、一番後ろの席に座った。

ま、まま、間に合った……。

俺が間に合ったことに安堵していると、教授が入ってくる。

「本日の講義は、前回見た映像資料の内容に解説を加えていく。では各自印刷してきたレジュメを出して」

印、刷……？

そう、俺は肝心なことを忘れていた。

せっかく教室に間に合ったのに、肝心のレジュメを印刷するの忘れてんじゃねーか

……！

「やっべぇ……」

レジュメがないと、全然講義についてけない。

どうするか考えていたその時、隣から三枚のレジュメが俺の目の前に差し出される。

「おはよ」

ミディアムショートの髪と黒マスクにメガネ。それに、この香水の匂い――。

「もしかして佐々木か？」

「もー、昨日の今日で忘れないでよ。あんな衝撃的な出会いをしたのに忘れるって、キミ鶏なの？」

「…………」

「なんか言ってよ！」

昨日の夜、あんなキラキラした綺羅星絢音のライブ映像を観たせいで、佐々木のことを変に意識してしまって、緊張が……やばい。

佐々木はナチュラルに俺の左隣に座ると、先ほど俺の前に置いたレジュメをさらにこっちへ押し付けてくる。

「ほらレジュメあげる。困ってたんでしょ？」

「ぬ……っ。どうしてそんなこと分かるんだよ？」

「だって一人だけペンケースしか出してなかったら察するでしょ！　あははっ」

佐々木は腹を抱えて笑う。

「わ、笑うなよ」

「ごめんごめん。わたしはタブレットでどうにかなるから。気にせず使って？」

佐々木はトートバッグからタブレット端末と専用のペンを取り出して、机の上に置いた。

「でも……やっぱ悪いよ」

「遠慮しない！　困った時はお互い様なの。昨日はキミがわたしに逃げる口実をくれたんだし、今度はわたしがキミを助ける番。それにこんな紙切れ三枚、大したことないよ」

「……じゃあ、ありがたくいただくよ。さんきゅな、綺羅ぼ――」

「今は佐々木っ」

「さ、佐々木」

佐々木はメガネの奥から鋭い眼差《まなざ》しを向けて注意してきた。

講義が坦々《たんたん》と進む中、佐々木はタブレットのペンで俺の肩をツンツンしてくる。

「この講義終わったらサッカー部の練習？」

「練習は午後からだが」

「ふーん、じゃあ午前中は暇なんだ？　なら良かった。実はこの後——」

「いや、この講義終わったら自主練に行くつもりだけど」

「へ、へぇ……？」

「……」

「……」

「おい、何か用があったんじゃ」

「ちょ、ちょっと待って」

佐々木は何やらスマホを必死にいじり始めた。

何事かと思い、こっそり佐々木のスマホを覗き込んでみると、佐々木はカフェのホームページを開いていて……って。

「まさかお前、確認取らずにどっかの店を予約してたとか」

「してないし！　なっ、なーに勘違いしてんだ！　ばーかばーか！」

「子どもかよ」

「うっさい！　こちとらキミより年上で」

「うるさいのはお前らだが」

「「え」」

さっきまで遠くから聞こえていた渋い声が耳に飛び込んできて、俺と佐々木は背筋を凍らせる。

きょ、教授……っ！

「学生証を出せ」

二章　元アイドルちゃんはお出かけしたい。

教授に学生証を奪われ、学籍番号を控えられてしまった俺たち二人は、講義が終わるまで教授から鋭い視線を向けられていた。

講義終了後、俺と佐々木《ささき》はため息をつきながら教室を出る。

「ちょっと！　槇島《まきしま》のせいで学籍番号控えられちゃったじゃん！」

「…………」

「キミが子どもみたいにちょっかい出してくるからこんなことに――って、どうしたの槇島？　いくらなんでも落ち込みすぎじゃ」

「……俺、この大学にスポーツ推薦で入ったんだが、学費が半額とはいえめちゃくちゃ高くて、一応奨学生でもあるんだ。だからさっきの一件で講義の成績が落ちて最終的に適格認定まで響いたら親に合わせる顔が……」

「ご、ごめんごめん！　わたしが悪かったからさ、そんな落ち込まないでよっ」

「はぁ……」

落ち込んで丸まった俺の背中を、佐々木は叩《たた》いて励ましてくれる。

「ほら、一、二単位くらい、落としても全然大丈夫だよ！　成績だって他の講義を頑張れば挽回《ばんかい》できるし！」

そう言われてもな……。

ただでさえバカな俺にとって、一単位一単位が来年度に繋《つな》がるかどうかの生命線なんだ。

それに高東大《こうとう》は日本トップクラスの私立大学。講義の内容が難しすぎる上に、スポーツ推薦の生徒にも温情とかなしに容赦なく落とすらしいし……あぁ、先が思いやられる。

「そうだっ」

佐々木は何やら思いついた様子で、急に足を止める。

「ねぇ槇島？　気分転換にわたしが予約してたカフェに行かない？」

「……カフェ？」

「暗いことばっか考えてたら練習に身が入らないし、休息の時間も必要だと思う！　だから自主練はまた今度にして、一緒にパンケーキでも――」

「それはダメだっ……！」

つい反射的に俺は語気を強めてそう言ってしまった。

「え……？」

佐々木は困り眉になりながらこちらを見ている。

「俺は自主練しないとダメなんだ。まだレギュラーじゃないし、この前も俺のトラップミスで試合に負けて……このまま何もしなかったら、俺は、ダメになっちまう」

「……そ、そっか」

俺は踵《きびす》を返すと、そのままグラウンドの方へと足を動かす。

なに焦ってんだ俺。

サッカーとは全く関係ない佐々木に八つ当たりしても、何の解決にもならないじゃないか……！

佐々木……怒ってるよな。

そう思って背後を振り返ろうとしたその時、コツンコツン、とずっと同じ靴音が後ろから聞こえる。

これは、佐々木のショートブーツの靴音……？

俺が足を止めるのと同時に、その靴音も止まる。

「……っ」

あんな言い方をして、勝手に怒りをぶつけたのに……佐々木はずっと、俺の後をついてきていたのだ。

「…………」

「…………」

そこからお互いに無言の時間が続いたが、痺《しび》れを切らせた俺が先に口を開いた。

「さ、佐々木」

「なに？」

俺は振り向き様に頭を下げる。

「さっきはごめん！　急に怒ったりして、びっくりしたよな？」

俺が謝ると、それを聞いた佐々木は頬をぷっくり膨らませて「ぷっ」と目の前で吹き出す。

「あははは っ。なにそれ！　なんで槇島が謝ってんのっ？」

「だって、よく考えたら俺がレジュメ忘れたのが発端で、あれがなければ佐々木が話しかけてくることもなかったし」

「もー、違うよ。プリントをあげたのも、勝手にお店予約したのもわたし。キミに向かってキレて、教授に怒られたのもわたしだし、槇島は全然悪くない。それにわたしの方こそ……全部キミのせいにしてごめんね？」

佐々木は謝る時だけマスクを下ろし、照れくさそうにはにかんだ。

元トップアイドルだから、てっきりプライドの塊みたいなイメージを持っていたが、意外と物腰は柔らかいんだな。

「ん？　わたしの顔見つめちゃってどうしたの？」

「……佐々木って、意外と素直なんだな」

「意外は余計っ！　キミより一歳上のお姉さんなんだから潔いの！」

「昨日はタメ扱いしろとか言ってたのに、都合よく年上アピールしやがって」

「なんか言った？　内容次第ではこの握りこぶしが飛んでくるかもよ？」

さっきまでの穏便さは一体どこへ……。

とりあえず、適当にはぐらかしておくとしよう。

「えーと、今日はもう自主練やめるって言ったんだ」

「え？　それって、つまり！」

佐々木はマスクの上から手で口元を押さえながら目をぱっちり開ける。

「あぁ。気分転換に佐々木の行きたいところへ付き合うよ。もう予約しちゃってるんだろ？」

「そう、だけど……自主練は本当にいいの？」

佐々木は眉を顰《ひそ》めながら心配そうに聞いてくる。

この際、あのことを話しておこう。

「実は俺、入部してからずっとオーバートレーニング気味で、監督から自主練とかを止められてるんだ」

「オーバートレーニングって、練習しすぎってことだよね？」

「そうだ」

「練習しすぎなのに、まだ練習しようとしてたの？」

「お、おう」

入部初日からずっと、俺は焦っていた。

高東大学サッカー部は層が厚い。それに一年の時からガンガンアピールしないと四年間二軍暮らしになる先輩もいるくらいで……。

そんな現実を知った俺は、時間を見つけてはグラウンドに顔を出してボールを蹴り、居残り練習も欠かさないようにしていた。

「自分の中の焦りが、どんどんマイナスに向いてるのは分かってる……でも、努力しないと結果がついてこないだろ？　だから俺は、誰よりも努力をしてたんだが、上手《うま》くいかないもんだよな」

自嘲しながらそう言うと、佐々木は少し口角を上げた。

「なんかキミって、昔のわたしみたい」

遠い目をしながら佐々木は呟《つぶや》く。

俺が、佐々木みたい……？

「誰だって上手くいかないことがあれば焦るよ。わたしもアイドルの時……特にセンターになる前はずっと焦ってた。だから槇島の気持ちは痛いほど分かるし、練習してないと落ち着かないのも理解できる……でも、練習量＝結果じゃない。それだけは絶対に言える」

毅然《きぜん》とした態度で言い切る佐々木。

トップアイドルとして、誰よりも前を走っていた綺羅星絢音《きらぼしあやね》にそんなこと言われたら、そう思うしかないだろ……。

「キミはキミのペースで頑張らないと」

「俺の、ペース……」

佐々木は俺が持っていたシューズバッグを手に取ると、「持ってあげる」と言って軽い足取りで俺の前を歩き出した。

知り合って一日なのに、人の懐に入るのが上手いというかなんというか。

「いつまでぼーっと突っ立ってるのー？」

「おう。今行く」

佐々木に言われて俺も歩き出す。

「それで、今からどこのカフェに行くんだ？」

俺が訊《たず》ねると、佐々木は興奮気味に自分のスマホをこちらに向ける。

「この行きつけのカフェ！」

「へえ、行きつけの？」

「そこにね、カップルじゃないと頼めない、めっちゃ映《ば》えるふわとろのスフレパンケーキがあってー！」

「……」

興奮気味の佐々木に対し、俺は冷めた視線を佐々木に向ける。

こいつ、もしかして……。

「ど、どしたの槇島？」

「お前、最初からそれが目的だったんじゃ……」

「そ、そんなこと、ないよ～？」

目を泳がせる佐々木。

絶対嘘《うそ》じゃねーか。

俺は佐々木からシューズバッグを取り返すと、グラウンドの方を向く。

「やっぱ自主練行くわ」

「ちょっと待ってよ槇島ー！」

☆☆

結局、佐々木の行きつけのカフェとやらへ行くことになった。

上手いこと佐々木に利用されてる気がしてならないが、「休むことも大切」という佐々木の言い分が尤《もっと》もすぎて、自主練に行く気も失《う》せた。

佐々木によると、行きつけのカフェは大学前の駅から三駅先にあるらしく、通勤ラッシュが終わって空《す》き始めた電車に俺と佐々木は乗り込んだ。

俺たちが乗ったちょうどその時、目の前の一席が空いたので、俺は佐々木に席を譲って佐々木の前の吊《つ》り革《かわ》を摑《つか》む。

佐々木は俺の方に軽く頭を下げると無言で座った。

今さらだけど、案外こいつが綺羅星絢音って気づかれないものなんだな。

髪とか目つきをしっかり見たら一瞬でバレそうだけど……髪色は現役の頃より濃いめの茶色になってるし、マスクで口元が見えないから「似てるなぁ～」くらいにしか思われないのか？

そんなことを考えながら佐々木を見つめていると、佐々木は目をぱちくりさせて逆に睨《にら》み返してくる。

別に喧嘩《けんか》を売ったつもりはないぞ。

しばらくお互いに会話を交わすことなく黙って電車に乗っていたのだが、俺がスマホをいじる一方で、佐々木は何もしないでずっとこっちを見ていた。

無言なのは身バレ防止のため、だと思うけど……ずっとこっちを見てるってことは、何か言いたいことでもあるのか？

俺は lime のアプリを開いて佐々木とのチャット欄を開くと『声出すとヤバいなら、lime で話さないか？』と送った。

すると『さっきはどうしてこっち見てたの？』と返事が来る。

なるほど。それが気になってずっとこっちを見てたのか。

さて、どう返信するべきか。

正直に、案外身バレしないもんだな、なんて言ったら、あの綺羅星絢音の認知度が低いって言ってるみたいだし、かえって悪口になりそうだよな……あ、そうだ。

『今日は髪にウェーブかけてないと思って、それで見てただけだ』

と、俺は佐々木を見てふと気づいたことを聞いてみる。

すると佐々木は眉間にシワを寄せながら『寝坊しちゃったから、巻《ま》くの忘れた』と返してきた。

そういえば俺より教室に入ってくるのが遅かったもんなぁ……。意外と朝に弱いんだな。

クスッと笑うと、それを見た佐々木から『笑うなばか！　自分だって寝坊したくせに』と明らかにキレてる文章が送られて……ん？

『なんで後から来たお前が、俺が寝坊したの知ってんだよ』

俺が lime で聞き返すと、目の前に座る佐々木は咄嗟《とっさ》に手で口元を隠した。

lime で会話してるのにその仕草すんのか。

ちょうどその時、目的の駅に到着し、佐々木はスマホをバッグにしまいながら立ち上がって一緒に電車を降りた。

「で、なんで知ってんだ？」

降りたらすぐに口で聞いてみると、佐々木はばつが悪そうな顔をした。

「そ、それは……キミって、あの講義の時、いつも一番前の席に座るのに、今日は珍しく一番後ろの席だったから」

「お……お前」

「探偵並みの洞察力だな」って言おうとしたら、なぜか佐々木に背中をぶっ叩かれた。

「ち、違うから！　前から見てた的なそれじゃないから！」

「なっ、何がだよ！」

「ふんっ」

拗《す》ねた佐々木は先に改札を通ると、さっさと歩いていってしまう。

こいつ、かなり面倒くさい性格してるな。

きっとアイドル時代にメンバーと衝突した理由は、ここにあるに違いない。

俺は佐々木を追いかけて改札を出た。

「佐々木、機嫌直せって」

「別に怒ってないし！」

「……ならなんでほっぺ膨らんでんだ？」

マスク越しでも分かる佐々木の膨れっ面。

俺がその膨らんだほっぺたを人差し指で押してみると、佐々木は「ぷへっ」と情けない声を漏らす。

「あははっ、なんだよその声！」

「もー！」

「いつまでも怒ってると、パンケーキも不味《まず》くなるぞ」

「むぅ……」

またほっぺが膨らんだので、さっきと同じように押してみると、佐々木は「ぷへっ」と声を漏らした。

「槙島ってさ、手慣れてるよね」

「手慣れてる？」

「女子の扱いのこと。昨日の合コンも、他の女の子と楽しそうに会話してたし」

あの時は報酬のスパイクが欲しすぎて、その場を切り抜けることだけ考えてたんだが。

「女子の扱いとか意識したことなかったな。俺、男子校出身だし、その時と変わらないノリで話してるだけで」

「そっか星神《せいじん》――」

「ん？」

「ううん！　なんでもない！　それより、行きつけのカフェはもうすぐだよっ」

駅から徒歩三分くらいの大通り沿いにある木造りの小さなカフェ。

店の前にある黒板には、【カップル限定！　特大ふわふわスフレパンケーキセット】と書かれており、佐々木はそれを見て目を輝かせていた。

「槇島！　早く入ろっ！　早くっ！」

「パンケーキの話になると急にテンション上がるな」

「当たり前じゃん！　アイドルの時も『綺羅星絢音のパンケーキ旅』っていう冠番組持ってたし！」

「へ、へえー」

「パンケーキはふわふわとろとろの――」

着けてるメガネが曇るくらい、熱心にパンケーキ愛を語る佐々木。

話に興味が湧かない俺は、それを無視して先にカフェへ入ることにした。

店に入るなり、女性店員が「いらっしゃいませー」と言ってこちらに歩いてくる。

「二名で」

「はーい」

「ちょっと槇島！　何勝手に入って――」

店の前で呪文のようにパンケーキ愛を語っていた佐々木が俺を追って店に入ってきた。

「あら？　あなた絢音ちゃんの彼氏だったの？」

か、彼氏……？

「俺は彼氏じゃ――」

否定しようとしたら、佐々木が俺と店員の間に割って入ってくる。

「そうなの！　彼、わたしの彼氏で！　カップル限定のスフレパンケーキが出るってSNSで見たから、連れてきちゃった！」

「あらぁ～。そう……この子がねぇ」

女性店員は舐《な》めるような目つきで俺の顔を見てくる。

「噂《うわさ》にたがわぬなかなかの二枚目ね……」

「そ、そうでしょー？」

親しげに話す二人。

仲良さそうだけど……佐々木が綺羅星って知ってるのか？

その店員に案内され、丸いテーブル席に向かい合って座る。

「絢音ちゃん、注文はカップル限定セットだけでいいの？」

「サンドイッチもお願い。今日は朝からなにも食べてないから」

「はいはーい。彼氏さんは？」

「俺は、大丈夫っす」

注文が終わると、店員は「ふふっ」と不敵な笑みを残して行ってしまった。

多分だけど、あの店員に俺たちが付き合ってないことバレてるよな？

それなのにオーダーを受けてるのが不穏だ……嫌な予感がする。

☆☆

「パンケーキ楽しみ〜」

パンケーキを待つ時間、ずっとご機嫌な佐々木。

変装でいつも着けてる黒マスクとメガネも外してるし……無防備にも程があるだろ。

佐々木はメニューを開いて目をキラキラさせる。

合コンを抜け出した時は夜だったし、明るい場所で佐々木の顔を見るのは初めてだ。

何にも隠されていない佐々木の顔は、映像とかで観《み》るより遥《はる》かに小さくて、これが美少女顔の黄金比、と言わんばかりの端整な顔だち。

いつもはマスクで見えないけど、筋の通った鼻と、作り物みたいに潤いのある唇。

こんなに可愛《かわい》いんだから、ファンが山ほどいるのも理解できる。

それにずっと見てると、心臓がじんわり温かくなってきて……これが、国宝級と言われた美少女のオーラなのだろうか。

これほどまでに天性の美貌を生まれ持ったなら、アイドル辞めてからも女優とかモデルに転向できたと思うが……どうして芸能界引退なんて。

「どしたの槇島？」

「なっ！　なんでもない！」

「ん？　頼みたいものあるなら追加注文できると思うけど」

「それはない」

「なんでよ！」

俺はお冷を一口飲んで、喉を潤してから佐々木を見る。

「せめて、メガネくらいはしておいた方がいいんじゃないかと思っただけだ。もし他のお客さんが来たら一瞬でバレるだろ？」

「あー大丈夫大丈夫。このお店って混み合うことないし、お客さんが来たらすぐ変装するから」

「え？　混み合うことがないなら、予約しなくても良かったんじゃないのか？」

「わたしの場合は予約しないといけないの」

「佐々木の場合？」

ちょうどその時、店員さんがドリンクを持ってきた。

「絢音ちゃんは有名人さんだから、来る時は連絡を頂戴ってお願いしてるの」

この人、やけに親しいと思ったら、やっぱり佐々木の事情を知ってる人だったのか。

「はい、こちらドリンクです」

てか、ドリンク作りながら俺たちの会話聞いてたとか、どんな地獄耳だっ……て。

「あれ？」

あの店員、何ごともなかったかのようにドリンク置いてったけど……なんだこのドリンク。

富豪とかが飲んでそうな、底が深くてやけに大きいグラスに注がれたブルーハワイソーダ。

「二人なのにドリンクが一つ……？　それに、なんだこのストロー」

ストローが二股ソケットみたいに中央で分かれていて、その真ん中にはハートが――っ！

待て、これってもしかして……。

「あ、あわわわっ」

どうやら国宝級アイドルも、流石《さすが》に慌てふためいているようだ。

一回キッチンの方へ下がった店員が、一眼レフを抱えて戻ってくる。

「て、店員さん、普通のストローとかはないんすか？」

「あらぁ〜、カップルなんだからいいじゃない。ほら写真も撮ってあげるわよ？　もちろん一眼で」

「こ、こんなのできるわけないじゃん！　今すぐドリンク二つにしてストローも替えて！」

「あれれー？　あなたたち付き合ってるんだよね？」

「えっ」

なるほど。注文の時にこぼれたあの不敵な笑みは、これを企《たくら》んでいたからか……。

完全にはめられたな。

「あ、もしかして二人、本当は……カップルじゃなかったり？」

「佐々木！　やるぞ」

「ちょっ。槇島!?」

「ほらさっさと顔を近づけろ」

こっちは自主練やめて、こんなカップル限定とか訳の分からんパンケーキをわざわざ食べに来てんだ。

ここまでの時間と電車賃に比べたら、こんなの安いもんだろ。

俺が先にストローの片方を咥《くわ》えると、佐々木は店員を睨みつけながらストローを咥える。

「はーい、こっち見てー」

店員がカメラを構えながら手招きしてくる。

ストローを咥えてからずっと佐々木の唇がぷるぷると震えているのが、ストロー越しに俺まで伝わってくる。

こいつ……自分のこと年上アピールする割には、色々と弱すぎだろ。

「おっとその前に〜。せっかくだから二人とも手でハート作ってー?」

「はぁ!?　そんなのやるわけ!」

「佐々木、やるぞ」

「槙島!?」

俺が右手でハートの片割れを作ると、佐々木は震える左手でハートを作った。

「はいちーずっ」

☆☆

ドリンクの一件が終わり、スフレパンケーキを待つ時間、佐々木は（恥ずかしさから顔を真っ赤にして）トイレに行ったっきり戻ってこない。

俺は一人で窓の外を見ながら、胃がタプタプになるくらい量があるブルーハワイソーダを、少しずつ飲んでいたのだった。

「た、ただいま」

しばらくして、佐々木がハンカチで手を拭いながら戻ってきた。

そして……当たり前だが気まずい空気が流れる。

偽装カップルとして来たのに、あんなバカップルみたいな恥ずかしい写真撮られて、弾んだ会話などできるわけない。

お互い無言になりながら、メニューやスマホを見て時間を潰していたが、佐々木はメニューを閉じると、小声で「ま、槇島……」と言って顔を上げた。

「ごめん！　こんなことになって！」

まさかの謝罪だった。

佐々木のことだから「なんであんなことしたの！」って怒るのかと思ってた。

「別に、お前が謝ることじゃないだろ？」

「でも！」

「パンケーキ食えるんだから、やって良かったじゃないか」

「う、うん……」

イタズラが見つかって親に怒られた子どもみたいに目を赤くしながら俯《うつむ》く佐々木。

まさかトイレで泣いてきたのか？

そりゃ、好きでもない男とあんなことをさせられたら嫌だろうし……無理もないか。

「俺とあんなことして嫌だったろ？　時間を無駄にしたくないからって俺も意地になっちゃってさ、悪かったよ」

「い、嫌なんか――っ！　あ、違っ、嫌だった！　なんでわたしがキミとあんなこと！」

「だよな、すまんすまん」

佐々木は俺からブルーハワイソーダのグラスを奪うと、もう片方のストローで飲み始める。

「それ、さっきまで俺が飲んでて」

「ストローの口《くち》は違うんだからいいじゃん」

「し、しかしだな」

「こんなの気にするとか、槇島って本当にバカよね」

佐々木は小悪魔みたいな笑みを見せて、ストローを吸った。

「そりゃバカだろ。俺の総合偏差値40くらいだし」

「よ、40って、いくらスポーツ推薦でもうちの大学は受からないんじゃ……」

「安心しろ、日本史だけは75だった」

「どゆこと⁉　い、いやいやそれでも受からないって！」

俺と佐々木が話していると、店員がスフレパンケーキとやらを運んできた。

「こちら限定の特大スフレパンケーキ、それと、さっき撮ったラブラブ写真でーす」

「写真は要らないから！」

「もぉ絢音ちゃんったら。そんなこと言って本当は欲しいくせにー！」

「要らない！」

佐々木はそう言いながら写真を店員に叩き返した。

「ふふっ、なら今度データで送るわね。ごゆっくり～」

「……もうっ」

なんだかんだで優しいお姉さんみたいな店員さんだな。あの綺羅星絢音に対してもあんな軽快に接客できるのも凄《すご》いと思う。俺だったらきっと動揺してガチガチになってるし。

「わぁ、スフレパンケーキ！　ふわふわとろとろ～」

佐々木はパンケーキを見るなり即座にナイフとフォークを手に取って食べ始めた。

「槙島も食べる？」

「俺は、甘いのそんなに好きじゃないから別に要らな――」

「はい、あーん」

とろとろで今にも中のソースが溢《あふ》れそうなスフレパンケーキ。佐々木はそれをフォークとスプーンで上手く掬《すく》って、俺の方へ差し出す。

パンケーキも来たし、これ以上カップルのフリをしなくてもいいはずだが……。

し、仕方ない。食べてやるか。

俺がそれに応じようと口を近づけた瞬間、佐々木は逆再生みたいに掬ったパンケーキを戻し、自分の口に運んだ。

「むふぅ～、おいし～」

「……」

「やーい槙島騙《だま》されたー！　なになに？　わたしがあーんしてくれると思ったー？　ぷっはははっ！」

「…………」


「あ～？　悔しいから真顔になっちゃってるじゃーん」

「なぁ佐々木。お前には内緒にしてたんだが」

「なになに？」

俺はブルーハワイのグラスを手に取ってストローを摘《つま》む。

「俺、お前がトイレに行ってる間に、ストロー逆にして飲んでた」


「は……はぁぁぁああ!?」


店内の落ち着いた雰囲気をぶち壊す勢いで佐々木は大声を上げる。

「じゃ、じゃあ！　キミはわたしの咥えたストローで飲んでて、わたしはその後、キミが咥えてたストローで……つまり、これって、か、かか、間接キスしたってことに！」

「全部嘘だ」

言った瞬間、ブチギレた佐々木に頬をぶっ叩かれた。

☆☆

「俺って、綺羅星絢音からビンタされた最初の男だよな」

「当たり前！　ビンタとか初めてしたしっ」

「……実はしょっちゅうやってたり」

「やってないから！」

佐々木は「ふんっ」と口を尖《とが》らせると、無心にパンケーキを食べ始めた。

怒ったり照れたり笑ったり、感情が忙しい奴《やつ》だな。

パンケーキを食べる佐々木も見飽きてきたので、店員さんの方に目を向けると、レジ前で暇そうにうたた寝をこいてた。

このカフェ、大丈夫なのか？

「……そうだ」

「どしたの槇島？」

「俺、ちょっと席外すわ」

「どこ行くの？」

「お手洗いだよ」

　一度トイレに行って席に戻ってくると、佐々木は既にパンケーキを完食しており、スマホをタプタプしていた。

「あんま目を近づけてスマホ触ると視力落ちるぞー」

「うっさい」

「ったく、反抗期の子どもかよ」

「槇島の方こそ、お母さんみたいな注意しないでっ」

　佐々木は俺が戻ってきたのに合わせてメガネとマスクを着け、トートバッグを肩に掛けると帰り支度を済ませた。

「あれ？　さっきまでここにお勘定の紙なかった？」

　テーブルの上にあったはずの勘定書を捜す佐々木。

「勘定ならトイレに行く前に済ませておいた。店員さん暇そうだったし、どうせなら混んでくる前に払ってあげた方がいいと思って」

「え、でもお金」

「別にいいよ、これくらい」

「だーめ！　食べたのほとんどわたしだし！」

佐々木は自分の財布から野口を三枚取り出すと、俺の方に押し付けてくる。

「いいって」

「だめなのっ」

「しつこいな、だからいいって」

「もー！　あっ、そうだ」

佐々木は突然その場でしゃがみ込むと、俺のポケットから飛び出ていた長財布を引き抜いた。

「おっおい！」

「受け取ってくれないから、入れといてあげるっ」

「お前なぁ、こういう時の男の気持ちにもなれっての」

「男の気持ち？」

単に律儀なだけかもしれないが、そんな可愛い顔してなんで奢《おご》られ慣れてないんだよ。

呆《あき》れる俺の傍らで、佐々木は急に身体《からだ》を震わせる。

「どうした佐々木？」

「ね、ねぇっ。こ、ここ、これ」

佐々木は裏返った声で聞いてくる。

何事かと思い、佐々木から財布を受け取って中をよく確認すると、そこには……ブツが入っていた。

そういえばあの時――っ。

俺は昨夜のことを思い出す。

練習が終わって合コンに向かう道中、阿崎《あざき》に借りたジャケットのポケットに手を突っ込んだ時、入っていたゴム状のブツを発見して、その後財布にそれを――。

迂闊《うかつ》だった。なんであの時財布に入れたんだよ、俺！

「さ、佐々木誤解だ！　ちゃんと説明するから一旦店から出ようっ！」

店を出ると、俺はすぐに昨日阿崎からジャケットを借りたこと、そこからブツが出てきて返そうと思っていたことを説明し、必死に弁解したが……。

「分かったか？」

「そうだよね、槇島も男の子だもんね。彼女はいなくても……そういうことはするんだね」

「分かってねぇのかよ！　俺の話を聞けっ」

風邪でもひいたのかと疑うくらいに顔を真っ赤にする佐々木。

俺も同じくらい頬を熱くしながら必死に話したのだが、佐々木は一向に聞く耳を持ってくれない。

「昨日ってことはさ、合コンの後……っちなこと、するつもりだったの？」

「え？」

「あ、あの後！　……わたしとえっちなこと、するつもりだった？」

佐々木は恥ずかしそうに目を背けながら聞いてくる。

俺が、あの綺羅星絢音と？

ピンクライトに照らされたベッドの上で、身体をバスタオルで隠し肩だけ露出した綺羅星絢音が俺を手招きする。

俺はそれに誘われて綺羅星と——。

「だ、ダメだダメだ！」

脳内でいかがわしい妄想が浮かびかけたが、なんとか理性を取り戻した俺は佐々木と向き合う。

「し、しねーよ！　さっきも言っただろ、これは阿崎に返すために財布に入れてただけであって。それに俺は……そういうこと、したことねーし」

「……本当？」

「嘘言って何の得になるんだよ。俺はな、阿崎みたいなチャラチャラしたヤリ●ン野郎とは違って、す、ストイックなんだよ」

「ふ、ふーん」

「だから、さっきのは誤解――」

佐々木は俺のジャージをグッと摑むと、やっと目を合わせてくれた。

理解してもらったことを期待したのだが、返ってきたのは斜め上の回答で――。

「わっ！　わたしも！　……したこと、ないから」

佐々木は赤面しながら言うと、含羞の色を浮かべる。

し、したこと、ないって……は？

「だから……お揃《そろ》い、だね？　槇島」

「……お、おう。お揃い、だな」

「「…………」」


なんでカミングアウトしたんだよこいつっ！

おかげでもっと変な空気になっちゃったんだが⁉

「どう考えてもお前は言う必要なかっただろ！」

「だ、だって！　槇島だけにそんなこと言わせたら可哀想《かわいそう》だと思って」

「要らん同情をするな！」

でも、この半日でなんとなく佐々木の人間性が分かってきた気がする。

優しいけど意外とずる賢くて、感情がすぐ顔に出るところとかは子どもっぽいし……あと異常なほどにパンケーキが好き。

綺羅星絢音だと知った時は、てっきりカリスマ性の塊だろうと思っていたが、良い意味でも悪い意味でも裏切られたというか。

「パンケーキ食っただけなのに、自主練するより疲れたな」

疲労というより、心労の方だが。

「ねぇ槇島？　この後どうする？」

佐々木にこの後の予定を聞かれて、俺はスマホの時計で時間を確認する。

「もう午後一時だし、俺はそろそろ大学に戻るよ。佐々木はどうするんだ？」

「うーん、それならわたしも大学戻ろうかな。図書館でレポートの文献探さないと」

「そうか。なら一緒に戻るか」

俺と佐々木はまた電車に乗って大学へ向かった。

三章　約束の試合。

「練習頑張ってね」

「おう。お前もレポート頑張れよ」

図書館の前で佐々木《ささき》と別れ、練習場へ向かう。

その道中で、お馴染《なじ》みの天然パーマが気だるそうに歩いていたので声をかけた。

「よっ、阿崎《あざき》」

「……お、おう。槙島《まきしま》か」

げっそりとした顔に目の下にはクマ。

今日の阿崎は露骨に元気がない。

さては阿崎のやつ、昨日のことを引きずってるな？

合コンの後、『持ち帰り失敗（泣）』ってlimeで言ってたもんなぁ。

「藍原《あいはら》にフラれたから落ち込んでるのか？」

「当たり前だろ！　俺はな！　昨日改めて藍原さんを見て分かった。顔もクッソ可愛《かわい》いし、良い匂いしたし、おっぱいもデカい！　あの子は間違いなくミス高東《こうとう》になる！　くぅ持ち帰ってヤりたかったーっ！」

「や、ヤりたいってお前……ヤリ目《モク》だったのかよ？」

「そりゃあ、藍原さんほどの上玉がいたら他の女は霞《かす》んで見えるからな。だから俺はまだ諦めねぇ、ぜってぇ藍原さんを俺のオンナにしてやるっ！」

女のことになると闘志を丸出しにする阿崎。

藍原以外は霞んで見える、か。

お前の視界にも入らなかった「佐々木」ってヤツは、世間では国宝級と呼ばれているんだが。

阿崎は女子のことを胸の大きさで判断してるからなぁ……。

「てか、槇島の方こそ、あの余ってたメガネ黒マスクの子とどうなったんだ？」

「佐々木な」

「あーそうそう。そんな名前だったな」

もしこいつにサッカーの才能がなかったら、間違いなくただのクズ男だな。昨日会ったばかりの人の名前を忘れるか普通？

「で、どうだった？　実はもう部屋に持ち込んでヤってたりして」

「何もねーよ。昨日 lime でも言ったが、俺は合コンから抜け出す口実に使われただけだ」

「ぷっ、あんな地味子すら口説けないとは、サッカーバカが極まってんなぁ〜槇島くーん」

阿崎は俺の肩をポンポン叩《たた》きながらウザ絡みしてくる。

「そんなサッカーバカのお前のためにもまた合コン組んでやっから！　楽しみにしとけなっ」

「俺はもういい。それより昨日の報酬を――」

俺が報酬の話を出した瞬間、それを遮るように阿崎は俺の肩に手を回してくる。

「お前は色々とストレス溜《た》めすぎなんだよ。いい加減、自分を癒やしてくれる女の一人でも作って、サッカーの方も肩の力抜けって」

自分を、癒やしてくれる女。

『練習頑張ってね』

真っ先に浮かんだのは佐々木の顔……い、いやいや、佐々木には振り回されてるだけだろ。

「なぁ槇島よ。俺がプロを蹴ってまでこの大学に来た理由、教えてやろうか？」

「……は？　お前ってプロ蹴ってここに来たのか!?　初耳なんだが！」

「理由、聞きたいか？」

入学前の練習から阿崎は同級生の中でも上手《うま》いとは思っていたが、まさか、高卒プロ内定のチャンスを蹴ってここに来たのか。

　その理由なんて、聞きたいに決まってる……！

「教えてくれ、阿崎」

「おう……俺はな」

　阿崎は足を止めて空を見上げる。

「高東大の高学歴ボインちゃんとヤりたかったんだ――」

「は？」

　ゴミ以下の理由を聞いた俺は絶句した。

　金輪際、こいつを親友と呼ぶのやめよ。

☆☆

曇り空の下で行われた午後の練習は、ゲーム形式がメインだった。

試合を明後日《あさって》に控え、全員のモチベーションは最高潮。スタメンに選ばれるためには、ここで監督にアピールしなければならない――んだが、控えメンバーの俺はベンチに座りながらピッチで躍動する仲間のプレーを見ていた。

四時間にも及ぶ中身の濃い練習が終わり、スタメン組に属する阿崎以外の一年生は片付けをさせられていた。

備品を数える担当の俺は、コールドスプレーの数を確認した後、ボールの数を確認するため、ボールカゴに目を向けた。

……あれ、ボール一個足りねえ。

そういえば試合中にキーパーの田中《たなか》先輩がパントキック蹴った時に明後日の方向へ飛んでいったような。

入り口をそのまま通り過ぎて外周コースにまで出ていったらやばいし、そこら辺の側溝とかにハマってないか見に行ってくるか。

「はぁ……」

重い腰を上げ、記憶を頼りにその方向へ歩き出す。

外とグラウンドを繋《つな》ぐ大学内の道を、スマホのライトを使って照らしながら捜索する。

鼻歌交じりにボールを捜しながら、下ばかり見て歩いていると「槇島くん？」と、目の前で俺を呼ぶ声がした。

呼ばれて顔を上げると、そこには藍原がいた。

風に揺れるサイドアップの髪と柑橘系《かんきつけい》の香水の匂い。

「おお藍原、昨日ぶりだな」

白のキャンパストートを肩に下げておそらく大学帰りの藍原は、合コンの時と違ってメガネを掛けていた。

「こんばんは槇島くん。鼻歌なんてなんかご機嫌だね？　良いことでもあった？」

「いや、別にご機嫌ではないんだが……あはは」

聞かれてたのか……恥ずかしい。

俺が照れ笑いしていると、藍原は俺のスマホを指差しながら首を傾《かし》げる。

「スマホのライトなんか点《つ》けてどうしたの？　練習はもう終わったんだよね？」

「終わったんだけどさ、ボールが一個足りなくて捜してたんだ」

「大変じゃん！　一個でも失《な》くしたら先輩とかに怒られるんじゃないの!?　外周百周とか腹筋千回とか！」

「流石《さすが》にそこまでの罰はないと思うが……」

「私も手伝うよ！」

「そんな悪いし、藍原は大学の帰りだったんだろ？」

「いいのいいの」

「でも……」

「大丈夫っ、ボール捜しは慣れてるからっ」

頑として譲らない藍原。

そこまで言うなら、お言葉に甘えるとしよう。

結局俺は、藍原と一緒にスマホのライトを点けながら側溝沿いを歩き始めた。

「昨日の合コンで話した時も思ったんだけど、藍原ってサッカー経験者だったりする？」

「うんっ。小学校から高校までずっとやってたよ」

「へぇ、中学から始めた俺なんかよりずっと長いんだな」

「えへへ……でも、下手っぴだったからいつもベンチで。そのベンチにすら入れない時はボール拾いしてた。だからボール捜しが得意なんだっ」

藍原は明るく振る舞いながらも、思い出したくないような自分の過去を赤裸々に話す。

「試合に出られないならサッカーをやめようとか思わなかったのか？」

「うん、思わなかったよ。だって私サッカーが好きだもん。どれだけ辛《つら》いことがあって、理不尽な扱いをされても、サッカーができればそれでいいかなって」

それを聞いて素直に藍原のことを凄《すご》いと思った。

サッカーが好きという理由だけで、どんな理不尽な状況にも耐え続けられる精神力は、俺にはない。

それ以前に、俺はサッカーが好きなのかどうかも怪しい。

俺は中学の時、友達に勧められてプロサッカーチームのＪｒ．ユースのテストを受け、そこからサッカーという名の『競争』を始めた。

「私ね、いつか憧れの御白《みしろ》選手みたいなストライカーになるんだって夢見てたの」

「御白……」

「これでも私、フォワードだったの！　まあ、公式戦０ゴールの情けないフォワードだったけど。御白選手を目指して頑張ってたんだっ」

御白鷹斗《たかと》――日本サッカー史上最高傑作と謳《うた》われたプロサッカー選手で、二十八歳にしてスペインの強豪バルサミコＦＣで９番を背負い、昨年のバロンドールに輝いた日本を、いや世界を代表する絶対的エースストライカー。

藍原が憧れるように、当然俺も彼に憧れたし、日本のサッカープレイヤーなら誰もが彼を目標にする、そんな選手だ。

「でも……ついにそのサッカーも高校でやめちゃった。いい加減、普通の女の子みたいな生活したかったし、大学生になったら楽しいことといっぱい見つけたかったんだ。サッカーはやるだけじゃなくて、観《み》るのも楽しいから、もう後悔はしてないの」

「そ、そっか……」

藍原はスタイルが良くて、阿崎みたいなチャラ男が黙ってないくらい可愛いし、それに高東に入れるくらい頭もいいから、何の苦労もなくここまで来たのだと勝手に思っていた。

佐々木といい、藍原といい、可愛い女子ほど苦労するんだな。

「えっと、なんかごめんね！　急に自分語りしちゃってキモかったよね⁉」

「いいや、藍原は立派だ。自分のことをよく分かってる」

「そう、かな？」

「それに比べて俺は、ずっと分からないままだからさ」

「槇島くん……」

藍原みたいにスッとサッカーをやめられたらどんなに楽なことか……。

何度もやめるタイミングはあったけど、踏ん切りがつかず、プロへの憧れが捨てきれないままでいる。

高校で落ちこぼれのレッテルを貼られた俺が、プロになれるわけないんだが……。

「ね、ねぇ！　話は変わるんだけど」

藍原は空気を変えるためなのか、さっきよりも明るい声色で話し始める。

「昨日の合コン、先に帰っちゃったよね？　何かあったの？」

「え？　えーっと、それは……」

佐々木と二人で合コンから抜け出したことは、あの場の全員にバレてるし、説明するなら佐々木のことにも触れないといけない。

「さ、佐々木と話してたら結構話が合って、それで意気投合したっていうか」

俺は咄嗟《とっさ》に浮かんだそれっぽい理由を並べる。

「意気投合？　何の話で意気投合したの？　サッカー？」

やっべ、この質問に対する言い訳を考えてなかった。

何で佐々木と意気投合したんだ俺⁉　……いや、してないしてない。意気投合はしてないんだぞ⁉

練習後だからか、頭が回らない結果、最終的に俺が出した回答は、

「……な、ナイショだ」

雑に誤魔化した。

「ふーん」

「……」

「……」

藍原から疑いの視線がこちらに向けられる。

「ねぇ、違ったらごめんなんだけど、槇島くんと佐々木ちゃんは――」

その時だった。

グラウンドを囲う緑の金網の下にライトを向けた瞬間、ボールが側溝にハマっているのが見えた。

「あ！　あった！　これだ」

「良かったね、槇島くん」

「おう。一緒に捜してくれてありがとな、藍原」

危なかったー。結果的になんとか誤魔化せた。

藍原にお礼を言ってその場で別れた俺は、すっかり暗くなった夜道を歩いてグラウンドに戻り、自主練に励むのだった。

☆☆

――試合当日の朝六時。

アラームの音と同時にわたしは目を覚ます。

「ふぁあ〜。もー六時ぃ？」

眠たい目を擦《こす》ると、ぼやけていた視界が明瞭になる。

あれ、どうしてこんな時間に目覚ましセットしたんだっけ？

一限の講義はないし、アイドルはとっくに辞めてるし……。

「……そっか、今日は槇島の試合だ」

わたしはベッドから飛び起きると、最近買ったお気に入りのモコモコパジャマを脱ぎ、電気ポットのスイッチを入れてお風呂に向かう。

早く準備しないと。

シャワーを浴びて、髪を洗い終わると、ウサギの形をしたボディスポンジを手に取り、今度は身体《からだ》を隅々まで洗う。

「お風呂溜まったかなぁ〜？」

身体中の泡をシャワーで流したら、湯船にお湯が溜まったかどうか確認する。

今日もきっちり五分。高速湯はりでお湯を溜めて、入浴剤を入れたらつま先からゆっくり入る。

「あったかーい……」

温かい湯船に肩まで浸《つ》かるというこのモーニングルーティンは、ずっと続けている。

朝は苦手だけど、これだけは欠かさない。

湯船で身体が温まってポワポワな気持ちになりながら、立ち昇る湯気をぼーっと見上げる。

「槇島、緊張してるかな？」

槇島と交わした約束。

ゴールを決めたら、とっておきのディナー。ノーゴールならわたしの言うことを何でも一つ聞く。

「ディナーの内容はもう決めてるからいいとして、もしノーゴールだったらどうしよう」

槇島がわたしの言うことを何でも……。

どんなことお願いしよっかなぁ。

「休日ショッピングの荷物持ちとか？　あ！　またあのカフェに付き合わせるのもいいかも！　スフレパンケーキ美味《おい》しかったし」

……でも、せっかくなら槇島が一息つけるものがいいよね。

オーバートレーニングになるまで頑張ってるなら、ちゃんと身体を休めた方がいいし。

「うーん……。まっ、その時の気分で決めればいいやっ」

ゆっくりと湯船から上がり、バスタオルで身体を拭うと、ネイビーの下着とモコモコの部屋着を着た。ドライヤーで髪を乾かしたら、軽く朝食を摂《と》って、歯磨きしながら今日着ていくものを選んでいく。

「どれを着てこうかな」

元アイドルというのは面倒なもので、可愛すぎると目立つし、かと言ってダサい服はプライドが許さない。

その中間で大人カジュアルな落ち着いた雰囲気の服装にしたいんだけど……。

とりあえず黒のトップスにブラウンのキャミワンピを重ねるコーデはどうかな。

「うんっこれで行こっ」

服が決まったらすぐにメイクへ。

メイクなんて丁寧にやったところでどうせマスクするからあんまり見えないけど……試合終わった後に槇島には見られるかもだし、ちゃんとやろ。

槇島なんかに「綺羅星絢音《きらぼしあやね》の時の方が可愛いかった」なんて思われたら、佐々木絢音のプライドが許さない。

「よし、メイク完了っ。まだ八時前だし、ゆっくり行けるっ」

鼻歌交じりにさっき決めた洋服に着替えて、キャンパストートを肩にかけてマンションを出た。

☆☆

八時を少し過ぎたくらいに、大学の最寄駅に到着したわたしは、今一度マスクとメガネを整えて、グラウンドへ向かう。

高東大の大きめなサッカーグラウンドに到着すると、既に観客席は開放されていた。

「……あれ？　全然人がいない」

アイドル時代、満員のドームしか見てこなかったわたしにとって、それは目を疑う光景だった。

座っているのは高東大学の関係者？　応援団？　と思わしき人たちばかりで、ガラガラの観客席。

Bチームの試合って言ってたし、人が来ないものなのかな……。

「ど、どこで観れば……いいんだろ」

わたしが観客席でウロウロしていると、突然背後から肩をツンツンされる。

あ、もしかして槇島っ？

「もう、槇島ったら心配しなくてもわたしは」

振り向くと、そこには。

「さ、佐々木、ちゃん？　だよね」

「……あ、藍原、さん」

花柄ワンピにGジャンを羽織った、やけに胸の大きな女子――同じゼミの藍原ゆずだ。

「よかったぁ。人違いだったら恥ずかしい思いするところだったよー」

この子は確か、高校までサッカーをやってたって前に言ってたような。

「佐々木ちゃんも、槇島くんの応援に来たの？」

『も』ってことは、やっぱり槇島が絡んでる……？

あの男、なんだかんだ言って藍原さんに手を出そうとしてるんじゃないでしょうね？

と、とりあえず、探りを入れてみよう。

「藍原さんこそ、槇島に誘われたの？」

「え？　えーっと、そういうわけじゃないんだけど」

あれ、槇島が誘ったわけじゃない……？

「私、サッカー好きだから。それに一昨日《おととい》の帰り道に槇島くんと話したら応援したくなって」

「そ、そうなんだー（棒）」

やっぱりこの子、槇島に気があるんじゃ……それより、帰り道って何のこと？

「佐々木ちゃんの方こそ、槇島くんに誘われたの？」

「……えっと、まぁ？　そんな感じ？」

「へぇ、そうなんだ」

ほ、本当はわたしの方から観に行くって言ったんだけど、それを言ったらややこしいことになるし……ほんの少しニュアンスが違うけど、いいよね？

「ね、佐々木ちゃん。せっかくだし一緒に観ようよ。一人だったから心細かったんだぁ」

「うん。いいよ」

藍原さんに案内されて、ピッチ全体がよく見える中央の席に並んで座った。

正直、藍原さんがいて助かったのはわたしの方だ。

わたし一人だと、どの席に座ればいいのかすら分からなかったし、サッカーのことも全然分からないから、ありがたい。

「槇島くんはベンチスタートだけど、後半には絶対に出てくると思うよ！」

「こ、後半……」

スタメンだろうが途中出場だろうが絶対点決めてやるって言ってたけど、本当に大丈夫なのかな。

彼がやる気になるよう、あんな約束を持ちかけたのはわたしなんだけど、少し心配になってきた。

ピッチを見つめていると選手たちが入ってきて、アップが始まった。

当然槇島の姿もそこにあり、いつもとは違う真剣な眼差《まなざ》しに、期待と不安が入り交じる。

「槇島……」

約束とか関係なく頑張ってるキミが報われないと、わたしも嫌だから。

☆☆

試合前のアップが終わり、ロッカールームに引き上げるとマネージャーがユニフォームの準備をしてくれていた。

ロッカーに掛けられた高東大学伝統の真紅のユニフォーム。

肩には一本の白線が流れており、胸にはユニフォームのブランドと高東大学のロゴがある。

俺の背番号は——18。普通なら準エースとかが付ける番号だが、うちの場合、11以降の番号は監督がランダムで決めるらしく、特に深い意味はない。

隣のロッカーで着替えていた阿崎は背番号10。そんなBチームのエース阿崎は、今はベンチに寝そべりながらのんびりスマホを弄《いじ》っている。

「阿崎さ、お前スタメンだろ？」

「んー？　そうだけど」

「余裕こいてていいのか？」

「いいんだよ。このレベルで余裕がないなら将来サッカーで食っていけねぇし」

「将来サッカーで食うつもりなら高卒でプロに行けば良かっただろ」

「うっせーなぁ。俺は女も食いたかったんだよ！」

「きもっ」

このゴミ男がうちのエースとは……世も末だな。

「もういい。阿崎みたいなダメ人間と話してるとイラつく」

「槙島よぉ、そんな冷たいこと言うなって」

俺が阿崎から離れようとしたその時、ロッカールームに監督が入ってくる。

「全員座れ」

高東大学サッカー部Bチームの嶺井《みねい》監督。

御年《おんとし》七十歳で、目が隠れるくらいに伸びた白髪と、長年蓄えた白髭《しらひげ》が特徴のベテラン監督。

「今日は前から行け、最終ラインも絶対に下げるな。ライン間のバランスはボランチの阿崎に任せる」

「うぃーす」

高圧的な監督に対しても、阿崎はいつもの調子で答えた。

命知らずなやつめ。

五分くらいの軽いミーティングが終わると、全員が荷物をまとめてグラウンドへ出る。

俺はマネージャーから受け取った緑色のビブスを着て、ベンチに座った。

そういや佐々木が観に来るって言ってたが。

ピッチと観客席の距離が近いので、意外と観客席に座る人の顔が見える。

ベンチから立って観客席を見渡すと、真ん中に、茶色のミディアムショートヘアで黒マスクを着けた女子がいた。

「そりゃ、来るよなぁ」

佐々木の前では強がって、絶対点決めてやるって言ったものの、心のどこかで、「佐々木には観られたくない」という弱い気持ちもあった。

ホイッスルが鳴り、ついに試合が始まる。

各大学のBチームが集まったリーグ戦第三節。高東大学と駒込専商《こまごめせんしょう》大学の一戦が始まった。

序盤こそお互いに落ち着いた展開でスタートしたが、ハイラインを敷いて要である阿崎を中心に、縦へ速いサッカーを展開する高東大が試合のペースを握り始める。

さっきまでスマホを弄りながらニヤニヤしてたとは思えないくらい、阿崎はピッチに立つと高い集中力とクレバーな一面を覗《のぞ》かせる。

先輩に対しても物怖《ものお》じせずに的確な指示を送るし、マリーシア《ずる賢い》なファウルの貰《もら》い方《かた》もする。

そのまま試合は高東大が高い支配率でボールを握り、決定機を何度も作っていたが、今日は決め手を欠いた。

阿崎はミドルシュート四本、チーム全体で合計十一本のシュートを放ったが、ネットを揺らすことはできずに、あっという間に四十五分が過ぎていって、結局前半は0対0で折り返した。

ハーフタイムになって、一度選手たちがロッカールームへ戻ると、監督が自らホワイトボードを持って阿崎と何やら話をしている。

ベンチメンバーの俺は、マネージャーの手伝いでスクイズボトルを選手たちに配りながらその様子を見ていたが、やけに視線がこちらに向けられていることに違和感を覚えた。

一体、何を話してるんだ。

しばらくすると、監督がこちらへ歩み寄ってくる。

「阿崎の野郎が駄々をこね始めた」

「だ、駄々？」

「槇島、後半から試合出ろ」

阿崎の方を見ると、笑っていた。

こいつ……なんでもありかよ。

☆☆

サッカーをスタンドから観戦すること自体が初めてのわたしは、目を丸くしてピッチを眺めていた。

試合の方は高東大がボールをポンポン回してばかりでつまんないし、ピッチよりもベンチ裏でアップをしている槇島の方へ目が行ってしまう。

槇島、ちゃんと準備してる。

サッカーってバスケみたいに何回も交代はできないみたいだし、藍原さんの言う通り、出てくるのは後半なのかな？　うーん、正直、ルールもよく分からないから所々で試合が止まる理由もイマイチ分からないでいる（オフサイドってやつが特に）。

前半が終わり、目を丸くしながらピッチを眺めていたら、藍原さんがわたしの肩をツンツンしてきた。

「佐々木ちゃんってサッカーよく観るの？」

「まあ、ぼちぼち？（選手権大会の決勝を番組のスタジオから一回観たくらいなんて言えない）」

「そうなんだっ。じゃあ好きなチームとかある？」

「え、えーっと」

わたしサッカーチームとか全然知らないんだけど！

なんでもいいから絞り出せわたしっ……そ、そうだっ。

「せ、星神学園《せいじん》、とか？　かな」

「まさかの高校サッカーファン⁉　佐々木ちゃん、通《つう》だね〜」

「あ、あはは」

高校サッカーファンって何？　高校サッカーファンっていう括《くく》りがあるの？

「……あ、そっか！　だから槙島くんと合コン抜け出したんだっ！」

「へ？」

なんで今になって合コンの時の話を？

「槙島くんって、星神学園出身でしょ？　佐々木ちゃんが星神のファンって知ったから、それで意気投合したってこと！　そうでしょ？」

「……ま、まぁ。そんな感じ」

意気投合してないんだけど……とりあえず頷《うなず》いておこう。

「そっかなるほどー。一昨日ね、槙島くんがやけに意味ありげに言うから、変な関係なのかと勘違いしちゃった。そっかそっか、佐々木ちゃんもサッカー繋がりだったんだね」

藍原さんは相槌《あいづち》を打ちながら納得していた。

話の流れ的になんか上手いことといった感じ？　だけど……槙島のやつ、「意味ありげに」って一体どんなことを藍原さんに言ったのよ！

「あ、もう後半始まるよっ」

「後半？　――え」

緑のやつを脱いで真っ赤なユニフォームを身に纏《まと》った18番の姿が現れる。

わたしはマスクの下で口元を緩ませた。

これまでわたしは、ずっと推されて生きてきたから知らなかったけど、ステージに推しが登場する時の興奮は、きっとこれに似ているのだろう。

「ついに出てきたね、槙島くん」

「う、うんっ」

10番のモジャ頭と話しながらピッチに足を踏み入れた槇島。

なんか……いつもの槇島と違う感じ。

すらっとした身体。

面構えも真剣そのもので、目つきも普段より鋭利で、ちょっとカッコいい。

これが、三年間、全国に羽ばたくことなくこの高東大学にやってきた槇島祐太郎《ゆうたろう》——。

「槇島、頑張れ」

☆☆

大学に入ってからこれまで三試合あったが、俺はこれが二試合目の出場。

大学最初の試合は、俺のトラップミスからショートカウンターで失点し、戦犯になってしまった。

だから今日は絶対にヘマをするわけにはいかない。

ハーフタイムが終了し、青く澄んだ空の下に俺は戻ってくる。

芝を撫《な》でる春風と、目の前に広がる選手たちの熱気。

後半開始前に、９番から18番へと交代が告げられた。

「槙島」

後ろからやってきた阿崎が、いやらしい手つきで俺の尻を撫でた。

「おい！　キモいことすんな！」

「緊張してると思ってよ。それより感謝しろよー？　親友の俺に」

お前はとっくの昔に俺の中では「親友」から「ゴミ男」にランクダウンしてるんだが。

「俺がわがまま言わなかったら、お前は今頃ベンチで指咥えて見てるだけだったんだからよ」

「それは……そうかもしれないが」

「今日、観客席に藍原さん来てたろ？　それに、お前が合コンで持ち帰った黒マスクの……名前は確か、浅倉《あさくら》さん？」

「佐々木だ。記憶力皆無かよ」

「Ｆカップ以下の子の名前は覚えられないんだよ！」

「失礼極まりないなお前」

「とにかく！　その笹倉《ささくら》さんも来てるんだから良いとこ見せろって」

こいつ、サッカーをカッコつける道具にしか思ってないのか……？

阿崎らしいと言えば阿崎らしいのだが。

「良いところを見せる、か」

俺は佐々木の方を見る。

俺が目を向けたのを察したのか、佐々木もこちらを見つめてきて、急に人差し指を立てた。

多分「一点取ってこいばか」って言ってるような気がする。

「阿崎、頼みがあるんだが、いいか？」

「急に真面目なトーンでどうした？　ボケのお前にしては珍しい」

「ツッコミの間違いだろ。ボケはお前だ」

「はぁ⁉　俺がボケ⁉」

「うるさいうるさい」

「で、頼みって？」

「切り替え早いな、おい」

俺は咳払《せきばら》いしてから小声で話し出す。

「遠慮なく俺を前線の楔《くさび》にしてくれ。地を這《は》うようなグラウンダーのパスでも、ルーズな浮き玉でもいい。とにかくゴール前で勝負がしたい」

阿崎は「りょーかい」と言って俺から離れていく。

焦燥と緊張が入り交じったフィールドに、後半開始のホイッスルが鳴り響いて、相手のキックオフで試合が再開した。

俺には運も才能もない。

高校も強豪の星神学園に入ったのに、三年間で一度も全国のピッチに立つことができなかった。

それでも腐らずに、努力は続け、人一倍汗を流し、同じくらい涙も流した。

その結果、プロにはなれなかったけど大学サッカーの名門校、高東大学に入ることができた。

この大学四年間が、俺にとってプロになる最後のチャンス。ここで何もしなかったら、高校の時と同じことになっちまう——。

『なんで槙島なんかが星神の9番なんだよ!』

『あんな下手な奴《やつ》にエース任せるとか、星神も堕《お》ちたよなぁ』

『全国優勝どころか全国に出場すらできないとか雑魚すぎるだろ』

あんな三年間を、もう繰り返したくねぇんだよ……！

「阿崎ッ！　寄越《よこ》せ！」

「はいはいっと」

敵センターバックの間で構えていた俺の足元に阿崎からボールが入る。

俺にボールが入った瞬間、キャプテンマークを巻いた敵のセンターバックが強引に身体を入れてきた。

「ぐっ……」

二軍の試合とはいえ、キャプテンマークを巻いてるだけあって体幹が強いっ。

「槇島～、無理すんな～」

俺が球際で競り合っている間に、後ろにいた阿崎がノロノロ上がってくる。

他人事《ひとごと》みたいな言い方しやがって。

「阿崎っ」

俺は阿崎にリターンすると、自分自身も前を向く。

「ナイスポストだ、槇島っ」

ボールを受け取った阿崎は、ドリブルで右サイドに流れながら、追ってきた敵を一人、また一人と抜き去る。

俺は阿崎とは反対の左サイドへ、ダイアゴナル《斜め》に走ることでマークを散らしながら、ゴール前に自分のスペースを作り出す。

入部して数週間だけど、ずっと一緒にいたお前なら俺とイメージを共有できるはずだ。

さあ阿崎、こっちにボール上げてこいっ。

俺の意図を感じ取った阿崎が、ドリブルの勢いを殺し、右足でキックモーションに入る。

「中来るぞ！　ニアとファー閉めろ！」

距離があって見えないはずなのに、阿崎は俺しか見ていないような気がする。

く、来るっ！

阿崎の右足からゴール前に鋭いセンタリングが放り込まれる。

ボールが俺の頭上目がけて飛んできた。

阿崎のヤツ、これ、ドンピシャじゃねーか。

「おい！　ファーの18番、フリーになってるぞ！」

これは自主練で阿崎と仕込んでいたショートカウンター。

阿崎がドリブルでサイドから切り込むことで、そのまま中に侵入してくるのを敵に意識させ、その隙に斜めにランニングしていた俺がセンターバックの背中に潜り込む。

まさかこんな簡単にハマるなんて。

ありがとな阿崎……やっぱ信じるべきは親友のお前だったぜ。

このまま、ヘディングでゴールに――。

右から飛んできたボールに目が行っていた俺の視界へ突如として入り込んできた白い影。

ゴンッ、という鈍い音と同時にボールはキーパーの手をすり抜けて、ゴールへと吸い込まれた。

これが俺のっ、大学初ゴール……っ。

「よっしゃ……あ？」

ゴールを確認したのと同時に、俺の頭に鈍痛が走る。

頭がやけに重く、そのまま目の前がクラクラしてきた。

なんだこれ、気持ち悪い……っ。

咄嗟に周りを見回すと、やけに騒がしい。

そ、そりゃ、ゴールを決めたんだから騒がしくなるのは当たり前だが――それにしては様子がおかしい。

なんとなく足元を見ると、緑色の芝を赤い何かが汚していた。

「槇島！　おい！　さっさと救護班呼べ！」

阿崎？　なんだよそんな真面目な顔して。

そんなことより俺、ゴールを決め――。

あれ、段々と、意識が遠退《とおの》いて――。

四章　病室トライアングル。

「ん……？　ここは」

目が覚めると、目の前にはトラバーチン模様の天井。辺りは白いカーテンで閉じられており、横の窓からは心地好《よ》い風が入ってきた。

俺、さっきまで、何してたんだっけ？

違和感のあった頭に触れると、ザラザラした包帯のようなものが巻かれていて、肩にはサッカー部のジャージが掛けられていた。

「……さ、サッカーの試合っ！」

「きゃっ」

俺が身体《からだ》を起こしたのと同時に、相変わらずの変装をした佐々木《ささき》が、カーテンを開けて入ってきた。

「佐々木……？　なんで」

「槇島《まきしま》っ、良かった！」

佐々木は俺が起きたのに気がつくと、腹巻きみたいに俺の腹部に抱きついてきた。

「心配したんだから！」

抱きついた時の反動で、佐々木のメガネが床に落ちる。

佐々木は涙目になりながら、上目遣いで俺の方をジッと見つめた。

「えっと……よく分かんないけど、ごめん」

とりあえず謝っておいたけど、未《いま》だに俺は状況を飲み込めない。

確か俺は、後半からピッチに送り出されて、阿崎《あざき》とワンツーのパス交換でゴール前へ。

そしてダイビングヘッドを――っ。

「まさか俺、ゴールポストに激突したのか？」

佐々木はこくり、と頷《うなず》いた。

そういえばあの時、芝に赤い血が見えて、その後、意識がなくなった。

「ゴールポストにぶつかって血が出たからこの包帯を巻いてるのか？　痛みはあんまり覚えてないんだが、そんなに酷《ひど》いぶつかり方をしたのか俺」

「ううん、それが……」

佐々木が言うには、ポストに頭をぶつけたことで俺は脳震盪《のうしんとう》を起こしたらしいが、流血は相手ＧＫとの接触が原因だったようだ。

ポストに激突した後のことはあまり覚えてないが、担架で運ばれている時は「大丈夫大丈夫」と返事をしていたらしい。

　止血の処置をしてもらったので、血はなんとか収まり、搬送先の高東大《こうとうだい》病院に来てからはCTで頭を診てもらい、結果、異状はなかったようだ。

　今日退院してもいいらしいが、後日何かしらの障害等が出る可能性もあるから、しばらくは自宅で安静にしていないといけないらしい。

「喉渇いてない？」

「あぁ、ちょっと渇いてる」

「じゃあ何か飲み物買ってくるね。あと、藍原《あいはら》さんも来てるから、伝えておく」

「あ、あぁ。ありがとな」

　そういえば藍原も試合を観《み》に来てたんだったな。

　みんなに心配をかけてしまい、申し訳ない気持ちで一杯だった。

　佐々木がカーテンから出ていって、しばらくすると入れ替わるように藍原がカーテンから顔を覗《のぞ》かせた。

「お、おはよー？　でいいのかな？」

　優しい声でちょっとボケながら入ってきた藍原。

　ベッドの左隣にある椅子へ座る前に、風が強くなってきたので、窓を少し閉めてくれた。

「気分はどう？　頭痛くない？」

「大丈夫大丈夫。それより藍原まで悪いな。俺が怪我《けが》したばっかりに」

「そんな！　全然気にしないで」

最初は俺の方を心配そうに見ていた藍原も、表情を柔らかくして答えてくれた。

「凄《すご》いゴールだったね？　執念で押し込むゴンを彷彿《ほうふつ》とさせるようなゴールだった」

「それは褒めすぎだって。それより試合はどうなった？」

「勝ったよ。あの後、阿崎くんがハットトリックして四対〇で圧勝」

阿崎のやつハットトリックかよ。

ちゃんと藍原にアピールできたじゃねーか。

「阿崎が三点ってことは……俺はやられ損ってわけか」

「そ、そんなことないよ！　槇島くんのゴールで敵は点を取らざるを得なくなって、前がかりになったわけで、それがなかったら！」

「藍原どうどう。ここ病院」

藍原は両手で口を塞ぐと、辺りを見回してから照れ笑いした。

どうやら藍原は夢中になると我を忘れるタイプのようだ。

「ほんと、藍原はサッカー好きだよな」

「そりゃそうだよっ！　槙島くんだってサッカー好きでしょ？」

そう聞かれ、俺は戸惑う。

前に言われた時も、その言葉が妙に引っかかった。

俺はサッカーが好きだから、大学まで続けているのか？

違う。俺はプロになるために、サッカーを……。

「……俺は」

「槙島くん？」

「もしかしたら俺は、サッカーが嫌いなのかもしれない」

「え……？」

「中学からずっと、俺はプロになるのを目的として、結果を残すためにサッカーをやってきた。今日だって俺は、結果に目が眩《くら》んで、結果だけを求めたから、あんな無茶なプレーを」

「それは違うよ――」

藍原は俺の手を取り、真剣な眼差《まなざ》しを向ける。

「槙島くんはサッカーが好きだからこそ、無心にボールを追いかけてあのゴールを決めたの。本当に結果を求めるだけの選手なら、むしろあそこで無理はしなかった」

藍原は目を逸《そ》らすことなく、俺の瞳を見つめ続ける。

「槇島くんは、サッカー好きなんだよ——」


言われた瞬間に頬が熱くなって、次第に目から大粒の涙が流れ出す。

頬を伝う涙が、熱くて仕方なかった。

思い返せば、それは単純なことだった。

ユースの選考に落ちたり、その後進んだ高校では、期待された結果を残せなくて周りから貶《けな》されたり、これまで辛《つら》いことしかなかったのに、俺はサッカーをやめなかった。

「俺はずっと好きだったんだ……サッカーが」

藍原は何も言わずに俺の背中をさすってくれた。

今日の悔しさも相まって、俺は声を殺してひたすら泣いた。

☆☆

「うーん、槇島って何飲むんだろ」

飲み物を買いに来ていたわたしは、自販機の前で悩んでいた。

炭酸は論外だし、頭痛いんだから温かいものがいいかな？　でも今日あったかいから
──。

「おーい、お嬢ちゃん、早くしてもらえるか？」

突然背後から聞こえた野太い声。

「ご、ごめんなさ……っ」

急に声をかけられて焦ったわたしは、誤って「おしるこ」のボタンを押してしまった。

「嬢ちゃん物好きだねー。今どき自販機でおしるこ買う子初めて見た」

「……す、好きなんで」

ゴロンッと落ちてきたアツアツのおしるこ缶を自販機から出す。

「面白いお嬢ちゃんだな」

おじさんが声かけてきたせいなのに！

恨みを含んだ目でおじさんの顔を見た瞬間、謎の既視感がわたしを襲う。

シワだらけのコートと気だるそうなその目つき。

このおじさん、どこかで会ったことあるような。

おじさんは頭に掛けていたサングラスを下ろして目を覆うと、剃《そ》り残しのある髭《ひげ》を撫《な》でながら飲み物を選んでいた。

こんなにがさつな人が芸能界にいるとは思えないし、気のせいかな。

そう思いながら、わたしは飲み物を抱えて槇島の待つ病室へと戻った。

藍原さんは紅茶、わたしは緑茶だから槇島には一番レアなおしるこをあげることにしよう。

槇島のベッドがある窓際のカーテンに手をかけた時、中で二人が何かを話しているようだったので、手が止まった。

「槇島くんは、サッカー好きなんだよ――」

藍原さんがそう言った瞬間、中から洟《はな》を啜《すす》る音が聞こえる。

カーテンの中をこっそり覗くと、そこには、泣き崩れる槇島とそれを優しく宥《なだ》める藍原さんの姿があった。

槇島が、泣いてる？

あまりにも急すぎて、わたしはすぐにカーテンから離れる。

どう考えても、今、入っていくわけにはいかない。

わたしは複雑な心境で、一度病室を出た。

槇島があんなに自分を曝《さら》け出すなんて……。

わたしの前だったらきっとあんな表情は見せないと思う。

それなのに、藍原さんの前ではあんなに自分を曝け出してて――。

「こんな、感情……初めて」

アイドルを辞めてからというもの、誰かに嫉妬したり他人を羨んだりしたことがなかった。

それくらい、今のわたしには向上心が枯渇していたのだ。

でも、ずっと憧れていた槇島と出会うことに成功してからというもの、彼の隣にいたいという気持ちが強くなっていた。

だからこそ、この気持ちを表現するなら、間違いなく――嫉妬。

わたし、藍原さんに嫉妬してる。

傷心した槇島の隣にいるのが、わたしではなかった。

その事実は、今にも泣きそうなくらい、わたしの心に刺さる。

「……負けたくない」

槇島の隣は譲りたくない。絶対に。

☆☆

「ごめん藍原……俺っ」

「泣いていいよ。今は私だけだから」

必死に歯を食いしばる彼を見ていたら、私も涙が込み上げてくる。

私は自然と槇島くんの背中を撫でていた。

その背中は想像以上に大きくて、いつもスラッとしてる槇島くんも、ちゃんと男の子なんだなって思った。

私もサッカーをやっていた頃はよく泣いていた。

いくらサッカーが大好きな気持ちがあっても、私は昔から運動が得意じゃなかった。

小学生の頃から、消化試合以外でスタメンに入ったことはほぼない。

そんな現状に拍車をかけるように、私は中学生の頃から、胸ばかり大きく育ってしまい、アスリートらしい身体のラインを保つのが難しくなった。

いつしか、周りの視線がいやらしく感じられるようになって、大好きなサッカーも高校の途中でやめてしまった。

その日から勉強をするだけの日々が始まった。

つまらない、受験勉強だけのモノクロな日常。

その成果もあって、東京の最難関私立、高東大学に入ることができた……けど、喜びはなかった。

そんな時、大学の学食にある大型モニターに映し出された、サッカーの試合に目を奪われた。

後半の途中から入った18番の選手。自分のミスで失点しても、恐れず中盤に下りてポストプレーをする、18番の姿。

失敗しても逃げない彼の姿は、サッカーから逃げた私にとって、心に響くものがあった。

その日から私は、槇島くんに自分を重ねるようになっていた。

槇島くんは、自分がなりたかった理想の姿——なんだと思う。

「どう？　泣いたら少し落ち着いた？」

「……あぁ、すげぇスッキリした」

槇島くんはティッシュで涙を拭うと、笑顔でそう答えた。

「なーんか、俺、藍原にはカッコ悪いところばっか見せてるよな」

「そんなことないよっ！　槇島くんは失敗して、ちゃんと成長してると思う」

「そうか？」

「うんっ。阿崎くんとのワンツーの時に見せたポストプレー、この前の試合はそのプレーでミスして敗因になっちゃったけど、今日は勝てたじゃん！」

私が褒めると、槇島くんは分かりやすくニヤけた。

少しでも元気を出してくれたならよかったかな。

「ありがとう藍原。これからも――」

シュルルッ、というカーテンの開く音が聞こえて、黒マスクとメガネの佐々木ちゃんが入ってくる。

「はーい失礼しまーす」

先ほどから飲み物を買いに行っていた佐々木ちゃんは、私に紅茶、槇島くんにはなぜかおしるこを渡す。

「おい佐々木っ。なんで俺はおしるこなんだよ」

「買ってきちゃったものは仕方ないじゃん」

「買ってきたってお前。気の毒に思ってんなら自分の飲み物と交換してくれよ。ほら、お前のお茶くれ」

「嫌だ！　キミは病人なんだからおしるこで身体温めなよ」

「はあ？」

佐々木ちゃんと槙島くんは夫婦《めおと》漫才みたいな距離感で喧嘩《けんか》を始めた。

この二人、合コンの時に星神《せいじん》学園の話題で意気投合したって聞いたけど……ついこの間知り合ったにしては、やけに距離が近いような。

「あのー、おしるこは私が貰《もら》おうか？　この紅茶を佐々木ちゃんにあげるから、佐々木ちゃんは槙島くんに緑茶あげて？」

「でも、藍原が無理する必要は――」

「いいからいいから」

私は槙島くんからおしるこを貰って、佐々木ちゃんに紅茶を渡す。

「佐々木も藍原くらい大人になったらどうだ？」

「うっさい」

槙島くんと話してる時の佐々木ちゃん、伊沢《いざわ》ゼミの友達と一緒にいる時とかなり印象が違う。

　まさか、二人って……。

「槇島くん」

「どした？　やっぱおしるこ要らなくなったか？」

「違っ、そういうことじゃなくて」

　こんなこと、聞いていいのか分からないけど。

「二人って付き――」


「槇島あーっ！　生きてるかぁー！」


　試合終わりでジャージにユニフォーム姿の阿崎くんがカーテンの外から飛び込んできた。

　今日は間が悪い人が多すぎるみたい。

「バカ阿崎っ！　ここ病院だ」

「おっと失礼。そんなことより、あ、藍原さんもいたなんて……。合コンぶりですね」

　阿崎くんは口調を変えて私に手を差し伸べる。

「わざわざ槇島なんかのお見舞いに来てくれるなんて、実にお優しい方だ。どうです？この後、俺とお食事にでも」

や、やっぱり阿崎くんは苦手だなぁ。

私は作り笑いを浮かべながらおしるこを自分のバッグにしまい、それを持って立ち上がる。

「じゃあ槇島くん、お大事に」

「お、おう。色々とありがとな、藍原」

もう少し槇島くんとお話をしていたかったんだけど……まぁいいや。

その後、阿崎くんの追走を無視して、私は病院を出た。

☆☆

藍原が出ていくのと同時に、「藍原さんを送るからあばよ槇島っ」と言って阿崎のアホも病院から出ていった。

「あのアフロ、きもいから嫌い」

「同感だ。あいつとは近々縁を切りたいと思っている」

阿崎はサッカーの才能以上に誰からも嫌われる才能をお持ちのようだ。

嵐のような男が去って、静けさが戻ってくる。

グラウンドにいた時は青く澄んでいた空が、すっかり夕焼けに変わっていた。

「さてと、長居はできないしそろそろ帰るか。看護師さん呼んでもらえるか？」

「分かった。ちょっと呼んでくるね」

佐々木に看護師を呼びに行ってもらい、俺は帰り支度を進める。

その途中、とある中年男性が俺のベッドのカーテンを開いた。

真っ黒なサングラスに鼻まで被《かぶ》ったネックウォーマーで、素顔が全く見えない。

だ、誰だこのおっさん。来る部屋を間違えたのか？

「あのー、ここは俺のベッドで」

おっさんは俺を無視して、懐から謎の手紙を取り出すと、それをテーブルの上に置いて颯爽《さっそう》とその場から消えた。

な、なんだったんだあの人？　それにこの……真っ白な手紙は一体。

何かの勘違いで置いていったのかもしれないと思いながらも、恐る恐るその手紙を開いてみる。

『拝啓、槇島祐太郎殿。ポストに激突してでもゴールを決める、そんながむしゃらな君を心配する反面、どこか安心している自分がいる。私は君に恨まれて当然の人間だ。あの三年間、星神が全国大会に出られなかったのは、エースだった君の責任ではない。監督である私の責任だ。それを伝えられずに辞任してしまったことを後悔し、今手紙を書いている。現在私は、東京フロンティアの強化部で働いている。槇島祐太郎、いつか君と同じ場所で仕事をしたい。そんな私の夢を、君に託してもいいだろうか――』

手紙を読み終わった瞬間、俺は荷物を抱えて病室を飛び出したが、もうあの人の姿はなかった。

「……なんで、何も言わずに」

廊下で一人、階段の方を見ながら立ち尽くしていると、佐々木が戻ってきた。

「槇島、もう帰っていいって」

「……っ」

「槇島ー？」

「お、おお！　そうだな、帰ろう」

手の中にある手紙を佐々木に見られないようにそっとしまった。

……今の俺があるのはあの人のおかげだ。

だからもう一度、あの人の期待に応えたい。

「よいしょっ」

佐々木は俺が持っていたショルダーバッグを奪うと、自分の肩にかける。

「おい佐々木、それ俺のバッグ」

「一緒に帰るの」

「い、一緒に帰るってどこに？」

「槇島のマンション」

「は？」

「だから、今夜は特別に……わたしが槇島の面倒、見てあげるって言ってんの」

はい？？？？？

五章　お泊まりデートは突然に。

荷物を持ちながらマンションまで帰ってきた俺と佐々木《ささき》。

自室の鍵を開ける前に、俺は一度深呼吸をした。

「やっぱ三分間だけ待ってくれ。掃除をしたい」

「なに？　まさかわたしに見られたくないものでもあるの？」

「……あ、ある」

と言った瞬間、俺の手の中にあった鍵が消えて、瞬時にドアが開く。

「おじゃましまーす」

佐々木はいたずらっ子みたいに笑いながら、勝手に部屋へ突入しようとする。

「おま！　ちょっと待て！」

俺は必死で佐々木の服を摑《つか》もうとしたが、佐々木は抜群の反応で俺の手をかわして、部屋に入っていった。

お、終わった、俺のプライベート。

俺は頭を抱えながら、玄関先で膝から崩れ落ちた。

「もー。どーせえっちな本とかでしょー？　あ、このカバーがかかってる本とかそうなんじゃないのー？」

ルンルンの佐々木は、ベッドの上にあった本を手に取り――って。

「佐々木！　その本はダメだ！」

アレを見られたら、まずいことに――。

即座に止めに入ろうとしたが――時既に遅し。

先に部屋へ入っていた佐々木は、とっくにあの本のカバーを外していた。

「――え？」

遅かったか。

愕然《がくぜん》として顔が真っ青になる俺とは対照的に、真っ赤に頬を染める佐々木。

「なに、これ」

「違うんだ佐々木。それは」

「これ、わたしのグラビア写真集じゃん！」

急に部屋凸されたことで、俺が昨日必勝祈願（という体《てい》）で買ってきた、綺羅星絢音《きらぼしあやね》のグラビア写真集の存在がバレてしまった。

黒ビキニで浮き輪に乗りながら、トロピカルジュースを啜《すす》る綺羅星絢音が映ったグラビアのページを開きながら、佐々木はさっきまで掛けていたメガネとマスクを外し、不機嫌そうな顔になる。

「なんでわたしのグラビア買ったの？」

「……試合前に綺羅星絢音の写真集を買っておけばご利益があるかなぁと」

「ぜったい嘘《うそ》じゃん！」

「う、嘘じゃねーし！」

俺は佐々木から写真集を取り返すと、本棚にしまった。

こんな展開になるとは思ってもみなかったので、油断していた。

「頼む佐々木。今更だけど見なかったことにしてくれ」

「ダメ」

「俺はやましい気持ちで買ったんじゃないんだよ！　ただ、そのー、興味本位で、たまたま昨日、書店にあったから買っちゃったというか」

「急に饒舌《じょうぜつ》になるところがさらに怪しい」

佐々木は腕を組みながら冷ややかな視線をこちらに向ける。

「目の前に本物がいるのに、なんでこんなの買うの！」

「だ、だって……」

「だってもへチマもない！」

「お、お前みたいな！　元アイドルで可愛《かわい》い奴《やつ》が近くにいたら、ふ、普通……当時の写真集とかも、気になるだろっ！」

「……それ、本気で言ってる？」

佐々木の声色が怒りの籠ったような声色に変わる。

な、何、言ってんだ俺……引退した佐々木に向かって綺羅星時代《アイドル》のこと持ち出すとかタブーだろ。

「す、すまん！　俺はそんなつもりじゃ――」

佐々木は無言で玄関の方へと足を進める。

怒らせちゃった、よな。

佐々木が怒って帰ってしまう……と思ったその時。

「よいしょっ」

佐々木は玄関前に転がっていた俺のショルダーバッグを持つと、部屋へ運び入れてくれた。

「ほら、今からご飯作るから待ってて」

佐々木は部屋の方を指差しながら、廊下にあるキッチンの前に立つ。

「お、怒って、ないのか？」

「わたしはキミよりお姉さんだし。キミがわたしの写真集で何をしていても……怒らないから」

佐々木は平然とそう答える。

『わたしをそういう目で見てたの⁉　キモすぎっ！』みたいな感じで、もっと激怒するものかと思っていたが……佐々木も意外と大人なところがあるんだな。

俺は言われた通り部屋に戻って、ちゃぶ台の前に座った。

「ねぇ、槇島《まきしま》」

キッチンから佐々木が俺を呼ぶ声がする。

「わたしって……可愛い？」

「そ、そりゃ、(国宝級の)お前以上に可愛いやつとか、見たことねーし」

キッチンからガチャンッ、という何かを落としたような音がした。

「大丈夫か佐々木!」

「だ、大丈夫大丈夫! ちょっと手を滑らせちゃって」

「やっぱ俺も手伝った方が」

「大丈夫だから! 怪我人《けがにん》は座って待ってて!」

と、言われてもなぁ。

心配になった俺がこっそりキッチンに顔を出すと、キッチンでは佐々木がやたらとニヤニヤしながらじゃがいもの皮を剝《む》いていた。

野菜の皮剝くの、そんなに好きなのか?

声をかけたらまた事故が起きそうなので、俺は黙って部屋に戻る。

「……そうだ、今のうちに隠さないと」

佐々木が料理をしている間がチャンスだと思った俺は、部屋にある見せられないもの(意味深)を別の場所に移動させる。

さっきはたまたまベッドの上にあった『綺羅星絢音グラビア写真集』が犠牲となって佐々木の目を引いてくれたから良かったものの、そのベッドの下にあった、名前を出すのも憚《はばか》られるブツが見つかっていたら、カフェの時みたいにぶん殴られるところだった。

サンキュー綺羅星絢音。おかげで綺羅星絢音に殴られずに済んだぜ。

ブツの移動を終わらせて、大人しく座って待っていると、キッチンから良い香りがしてきた。

女子の手料理とか初めてだな。

佐々木も（アイドルだったとはいえ）ちゃんと女の子だし、料理とか上手《うま》いのかな？

そういえば、さっき包丁で野菜の皮を剝こうとしていたが……ピーラーの場所を教えた方がいいよな。もしも包丁で指を怪我したら大変だ。

「佐々木っ！　ピーラーは流しの隣に掛けてあるからな」

「はーい、分かってるー」

待てよ……包丁だけじゃない。もしもアツアツの鍋でやけどなんてしたら。

「佐々木！　熱した鍋には触るなよ！」

「は？　触るわけないでしょ」

いや、まだだ。

皿に盛る時、うっかり鍋の取っ手を滑らせるかも。

「佐々木！　鍋はしっかり持って――」

「もー、さっきからなに！」

怒った佐々木が、キッチンからおたまを持って現れた。

「過保護な親みたいな心配しないで！」

「だ、だってよ」

「子ども扱いすんな！」

佐々木はキレ散らかしてキッチンに戻っていってしまった。

そうだよな、佐々木もちゃんと一人暮らししてるんだもんな。

心配性の悪い癖が出ちまった、反省反省。

その後も何度かキッチンの様子を見に行ったが、その度に怒られたので、大人しく部屋で待つことにした。

——待つこと一時間。

「槙島ーっ、できたよー」

ご機嫌な様子で完成した料理を次々と運んできてくれる佐々木。

「おお……っ」

ポテトサラダにポタージュスープ、それにミートソースパスタ。

部屋のボロっちぃちゃぶ台には似合わない洋風の料理が並んだ。

「めっちゃ美味《うま》そう」

「冷蔵庫にあるものでパパッと作ったから凝ったものはできなかったけど……槇島が約束通り点を決めてくれたから、ちょっと張り切っちゃった」

「約束の時のディナーって、手料理のことだったのか」

「うんっ、わたし料理得意だしっ」

佐々木は照れながら言うと、「さ、食べて」と促す。

どれも美味そうだな。

フォークを手に取ると、まずポテトサラダを食し、次にパスタを食した。

「美味い、めっちゃ美味いぞ！」

「でしょー」

「佐々木のことだから、見た目だけ完璧で中身がアレなのを想像してた」

「今なら手を滑らせてこのフォークがキミの身体《からだ》に刺さっても、誰も見てないし、問題ないよね……？」

「す、すみませんでした」

佐々木は振りかざしたフォークを下ろすと、そのままパスタを食べ始めた。

あぶねー。ミートソースを俺の血でさらに赤く染めるところだった。

「おかわりもあるから」

「おう」

「それぞれ五杯分くらいおかわりできるように作ったから、遠慮しないでね」

「……え？」

今こいつ……なんて言った？

なんか五杯がどうとか言ってなかったか？

佐々木は立ち上がると、キッチンから鍋、大皿、ボウルの順番で持ってくる。

「槇島も男の子なんだし、いっぱい食べないとねっ」

ボウルいっぱいのポテトサラダ、鍋スレスレのポタージュスープ、さらに大皿の上には山のように盛られたミートソースパスタが……。

お、おいこれは流石《さすが》に……多すぎんだろ。

「あ、パスタのおかわり入れてもいい？」

「お、oh……」

おかわりの量を見ただけでお腹《なか》いっぱいだが、男子校時代に鍛えられた胃袋を駆使して、なんとか全部残さず食べた。

☆☆

俺が完食したことで、さっきから満足そうな佐々木。

それとは逆に、食べすぎで苦しい俺は、天井のシミを数えながら食ったものが消化されるのを待っていた。

「わたしの料理が美味《おい》しすぎて食べすぎちゃうなんてー、槇島も可愛いところあるじゃん」

佐々木はぷっくり膨らんだ俺の腹をさっきからツンツンしてくる。

ネイルでツンツンされると地味に痛いからやめて欲しいのだが。

「皿は後で俺が洗っとく。今日は色々と心配かけてすまなかった佐々木。また明日《あした》連絡するからもう帰っ――」

起きあがろうとした時、佐々木が俺の肩を摑む。

「わたし、今夜はここに泊まるつもりだけど？」

「はぁ⁉」

俺は驚きで口からもんじゃ《吐瀉物》が飛び出るのを必死に手で押さえた。

「お、おまっ！　泊まるだと？」

「うん」

「俺の部屋にか？」

「うん」

当たり前だろと言わんばかりにコクコク頷《うなず》いてくる。

「もしかして、ダメだった？」

佐々木は俺の隣でベッドに背中を預けながら、どこか寂しそうな表情に変わる。

「槇島のこと心配だから。もし夜中に異変が起きたら大変だし」

「その前に俺の部屋に泊まるとか普通嫌だろ！」

「わたしは槇島にもしものことがある方が嫌！」

「さ、佐々木……」

い、いやいや！　あ、あの綺羅星絢音と同じ部屋で寝るのは流石にまずいだろ！

寝息とか聞かれて「キモッ」とか思われたくねーし……。

……だが、佐々木の気持ちを無下にすることもできん。

あくまで佐々木は、俺の病状を気にしてくれていて、泊まっていくだけ。

それ以上、懇ろな関係にはならない……よな？

「わ、分かった。そこまで言うなら」

「泊まっていいの⁉」

「お、おう」

俺が頷くと、佐々木はいつもの眩《まぶ》しい笑顔を見せる。

なんでそんなに嬉《うれ》しそうなんだよ。

「じゃあじゃあ、早速なんだけど……」

「なんだよ」

佐々木は指と指を合わせて、もじもじする。

「お風呂入ろ？」

「お風呂……？」

「うん。一緒に入ってあげるっ」

佐々木と風呂……だとっ。


――突如として、脳内で再生される妄想。

湯煙の漂う風呂場に足を踏み入れた途端、背後からネイルでツンツンされる。

振り向くとそこには綺羅星絢音がいた。

『ね、槇島。一緒にお風呂……入ろ？』

風呂場の前で上着をたくし上げ、ヘソをチラ見せする綺羅星絢音。

俺は咄嗟《とっさ》に目を逸《そ》らす。

しかし脱衣で服が擦《こす》れる音が俺の耳を擽《くすぐ》った。

『もう、いいよ』

綺羅星の呼びかけに応じて振り向くと、そこにはバスタオル一枚で身体を隠す綺羅星がいた。

『槇島は……』

髪を掻《か》き上げながら、舌をぺろっと出して俺のことを誘っ――。

「って！　なに馬鹿なことを考えているんだ俺は！」

「槇島？」

昨日、綺羅星絢音のグラビア写真集を見たせいで、変な妄想が容易にできてしまう……。

これから佐々木が泊まっていくのに、これは由々《ゆゆ》しき事態だ。

「一緒に入るなんて、ダメだ！」

「でも、お風呂で突然死とかよく聞くし、槇島一人だと危ないかなぁって」

「しっ、心配は無用だ！　ヤバかったら風呂場からコール鳴らすし。それに、俺とお前が一緒に風呂に入るってのは、異性だし流石に……」

「あーそれなら大丈夫。着衣入浴するし」

……え。

「ちゃ、くい？」

「服着て入るやつ。それならいいでしょ？」

なるほど……そ、そりゃ、裸なわけないよな。

「あっれれー？　まさか槇島、わたしが裸で入ると思ったのー？　うけるーっ」

最初から俺をからかうつもりでこの話を持ちかけてきたのか？

ならこっちも堂々と反撃してやる。

俺はクスクス笑う佐々木の両肩をがっしり摑んで離さない。

「えっ、ちょっと、槇島っ⁉　急に何を」

「……あぁ、思ったよ」

「へ？」

「佐々木は俺よりお姉さんなんだから！　俺と一緒でも堂々と裸でお風呂に入ると思ったんだよ！　何か問題があるのか⁉」

語気を強めて捲《まく》したてると、佐々木は唇を震わせながら「はぁ⁉」と叫んで赤面する。

「ま、まま、槙島の変態！　は、裸で入るわけないじゃん！　えっち！」

「あれ、どうした佐々木？　年上のお姉さんの割に動揺しているようだが？」

「動揺してない！」

反転攻勢ができて、佐々木をからかうことに成功した俺は、風呂に入る前にタオルと着替えをタンスから出した。

着衣入浴とはいえ、佐々木と一緒に入ることは色々と大丈夫なのか一抹の不安があるが……まぁ、さっさと身体を洗ってすぐに出てくれれば問題ないか。

「で、お前の着衣入浴ってのは、その服で入るのか？」

「そんなわけないじゃん。女子のお洋服をなんだと思ってんの？」

「す、すみません」

なんで俺が怒られなきゃならんのだ。

「お風呂の前に着替えるから、濡《ぬ》れてもいい服貸して？」

こいつどこまでも自由人かよ。

俺は仕方なく引き出しの奥に眠っていた高校時代の練習着の上下を引っ張り出して、佐々木に貸してやった。

「くんくん……この服、槇島の匂いがする」

「そりゃそうだろ。俺が三年間着てた練習着なんだから」

この練習着は見るだけであの地獄みたいな三年間を思い出すから、引退したらすぐに捨ててやろうと思っていたが……結局捨てられなかったし、東京にも持ってきちまった。

なんでだろうな、全く。

「あれ？　星神《せいじん》のユニフォームって黒かったよね？　練習着は白なの？」

「あぁ。練習着は反対の……って、なんで佐々木が星神学園のこと知ってんだよ」

「そ、それは……選手権大会公式マネージャーなんだから、知ってて当然です！」

「お前が公式マネージャーの年は選手権大会に出てなかったんだが」

「……ゆ、有名な高校には、選手権大会予選の前から監督インタビューで行ったから、それで知ってるの！」

「ならお前がインタビューした星神の監督の名前は？」

「え、ええっとー」

回答に困った様子の佐々木は、ずっと目を泳がせていた。

やっぱ分からないじゃねーか。

でも、それならなんで佐々木は星神のことを知って――。

「き！　きし、はら……岸原《きしはら》監督だったよね？」

「おお正解。よく覚えてたな」

「ま、まぁ？　記憶力には自信あるし」

岸原監督は星神学園を何度も全国に導いた名将だが、高校サッカーの知識０の人間が知ってるはずない。

佐々木のやつ、本当に岸原監督にインタビューしてたのか。

「わたし、これに着替えるから、先にお風呂入っててー」

「お、おう」

佐々木に促され、俺は着替えを持って風呂場に向かった。

あいつの記憶力凄《すご》いな。

俺なんか敵チームの監督の名前すぐ忘れちまうのに……実力で高東大《こうとう》に受かるだけのことはあるよな。

俺はタオルで下を隠し、先に風呂へと入った。

シャワーで身体を流していると、着替え終わった佐々木が入ってくる。

「お待たせー」

ブカブカの練習着を着てから現れた佐々木。

佐々木は手足が細いため、俺の練習着だと腕周りとかが完全に余っている。

「それで大丈夫なのか？　何かの拍子で下着とか、み、見えちゃったりしないか？」

「残念だったね槇島。ちゃんと黒のアンダーシャツも着たし、下着が透けることもないから」

佐々木はドヤ顔で言う。

黒のアンダーシャツ……？

こいつ、勝手にタンスから拝借したな？

「もー、槇島ったら、露骨に残念そうな顔してるっ」

「残念とか思ってねーから」

「嘘つけ……わたしのグラビアに興奮して鼻の下伸ばしてたくせに」

「伸ばしてねぇ！」

佐々木はボディタオルを手に取ると、「背中流してあげるっ」と言って、ボディソープをタオルに付けて背中を擦り始めた。

「……槇島ってさ、意外とムッツリだよね」

「何を言うかと思えば、またそんなことを。俺はな、やましい気持ちでお前の写真集を買ったわけじゃないとアレほど言って」

「写真集はそうかもしれないけど！　……ンスの中のあれは……流石に」

佐々木の手が止まり、さっきまで達者だった口ぶりも、急に歯切れが悪くなる。

「どうしたんだよ」

「……や、やっぱなんでもない！」

「？」

よく分からないが、背中を洗う佐々木の力がやけに強くなっている。

「それはそうと……槇島の背中って意外と大きいよね」

「そうか？」

「うん……。男の子って、こんなに大きいんだ……」

ボトボトと、バスタブに湯が溜《た》まる音だけが聞こえる。

さっきから佐々木の様子がおかしい。

やけに声がとろーんとしてるような……。

「……な、なぁ佐々木。まさか、今になってこの状況が恥ずかしくなってきたとかじゃやないよな？」

「はっ、恥ずかしくないし！」

なるほど。その否定の仕方から察するに恥ずかしくなってきたようだな（断定）。

「年上の余裕とやらはどこに行ったのやら」

「うるさい！　あんまり言うと背中が真っ赤になるまで擦るよ！」

「や、やめろ！」

「嫌ならほら、腕上げてっ」

「腕？　あぁ……」

言われるがまま、腕を上げた瞬間、佐々木の手が俺の脇を弄《いじ》る。

びっくりした俺は「んっ」と声で反応してしまう。

「どしたの槙島!?　今なんかえっちな声が」

「わ、脇は大丈夫だ！　自分で洗う」

「そ、そう？」

「脇はその、色々と感じちまうというか……」

「え、なんで？」

一から十まで言わないと分からないのか？　元清純派アイドル怖すぎるだろ。

まあ、佐々木の場合はえっちい物の知識（財布の中にあったブツの知識とか）はあるくせに、概念的な知識には疎いところが厄介なんだよな。

「身体洗ってる間に髪も洗おっか？」

「傷に気を遣わないといけないし、髪も自分でやるよ」

「そっか」

手持ち無沙汰になった佐々木はバスタブの縁に座りながら、鼻歌を口ずさむ。

その歌は、二年前くらいにＣＭソングとしてよくテレビで流れていたGenesistarsの曲だった。

曲調にかなりクセがあって、鼻歌で歌うには難易度が高い曲ではあるが、佐々木は一音も外さずにハミングしていた。

「やっぱ歌上手いな」

「当たり前じゃん。元アイドルなんだし下手なわけないでしょ」

「そういうものなのか？」

「うん。どれだけ可愛くても音痴だったら、九十人もいるGenesistarsのセンターにはなれないし、当時のわたしは歌もダンスも、身体を壊す覚悟で練習してた。だって、やるからには主人公になりたいじゃん？」

それを聞いて、改めて佐々木絢音という人間の凄みを感じる。

綺羅星絢音は九十人ものライバルとの激戦を勝ち抜いて、人気投票一位、さらに不動のセンターポジションを勝ち取ってきたんだよな。

「それだけ頑張れる佐々木なら、アイドル辞めてからもソロでやれば良かったんじゃないか？」

「ソロ？　女優とか？」

「ああ。アイドルってグループから脱退したらよく転身するじゃないか。だから佐々木も」

「……じゃあ、その転身した人たちって、別の業界でトップ取ってるの？」

佐々木は鋭く聞き返してくる。

「そ、それは……」

「脱退した瞬間にGenesistarsの綺羅星絢音はもう終わった。他業界に進出しても、アイドルとしての自分はそこにいないし、飽きられるのは時間の問題。だから、もう二度と芸能界でトップを目指すことはできないの」

言われてみると、確かにそうかもしれない。

アイドルグループを引退して、女優とかタレントなど、アイドルとは別の業界で苦労している芸能人は多い印象だ。

アイドルの時に味わった業界トップの地位に返り咲くなんて……無理なのかもしれない。

「Genesistars の綺羅星絢音は引退した二年前にもう死んでる。だから槇島が買ったあのグラビア写真集、今のわたしには——遺影に見える」

佐々木は後ろを向いて湯船に映る自分の顔に向かって手を伸ばし、水面を揺らした。

「お、おい、あんまりそういうこと言うなよ。お前のグラビア見るたびに遺影って、思い出すじゃんか」

「だって本当のことだし。それにわたしは、芸能界引退して良かったと思ってるよ」

「自由になれたからか？　あ、パンケーキ食べ放題だからだろ？」

「ちがっ……ぱ、パンケーキはちょっとあるけど、次の目標ができたからだし！」

「次の、目標？」

「そう、新しくトップを目指せるものを見つけたの。まぁ？　槇島には、絶対に分からないことかもしれないけどねっ」

そう言って佐々木は洗面器を手に取ると風呂の湯を汲《く》んで、身体を洗っている俺にお湯をぶっかけてきた。

「お、おい！　何すんだっ」

「いつまで洗ってるのかなって思ったから。早くお湯に浸《つ》からないと、今度は風邪ひくよー?」

「お、おう……」

さっきまでシリアスなことを話していた割には急に元気を取り戻す佐々木。

佐々木の目標、ちょっとだけ気になるな。

そのまま残った泡を洗い流した俺は、下半身に巻いてるタオルが落ちないように持ちながら湯船に入った。

さっきから、バスタブの縁にちょこんと座る佐々木は、足だけ湯船に入れ、無言でこっちを見ている。

「そ、そんなにこっちを凝視する必要はあるのか?」

「心配だから。急に意識なくなったら困るし」

とか言ってるのに暇でつまらないからか、佐々木は足をパタパタさせて遊び始めた。

歌にも飽きたみたいだし、見るからに退屈そうだな。

いつもは長風呂の俺だが、今日は頭を打ったし軽くしておくか。

「よーし、身体も温まったしそろそろ」

「ね、槙島。わたしも入っていい?」

「お、おお、ちょうど今出ようと思ってたし、俺の後で悪いがゆっくり入っ――」

言った瞬間、佐々木は何も言わずに体育座りで湯船に入ってきた。

佐々木が入ったことで、湯が溢《あふ》れ、佐々木の着ている服もぷかぷかと浮く。

白の練習着が透け、中には俺がいつも着ている黒のアンダーシャツが見える。

「一緒で、いいじゃん」

湯船で二人、体育座りをしながら見つめ合う。

単に風呂が熱いだけなのか、この状況に動揺しているからなのか分からないが、変な汗がドバドバ出てくる。


「な、なんかさ、こうやって一緒にお風呂入ってると……えっちなことしてる気分だね？」


お前が始めたんだろーがっ！

佐々木は火照った顔でずっと俺の方を見ている。

急に泊まるとか、一緒に風呂に入るとか……どう考えても佐々木の様子がおかしい。

「なぁ、今日のお前ちょっとおかしくないか？」

「おかしいって？」

「やけに距離が近いというか……心配で家に来てくれたのはありがたいけど、急に泊まるとか言い出したり、今だって風呂一緒に入ったり……」

「……」

佐々木は上唇まで湯の中に隠して、ぷくぷくと泡を立てながら、目でこちらをジッと見つめてくる。

「おい、何とか言ったらどうなんだ？」

「ぷくぷく」

「もう訳が分からん」

俺が頭を抱えていると、佐々木が両手で水鉄砲を作って俺の顔面を攻撃してくる。

こいつが何をしたいのか全く分からなくてもどかしい俺は、佐々木の攻撃を無抵抗で受け入れていた。

「槙島ノリ悪いよー、反撃してきなよー。ほらほらー」

佐々木は人差し指をクイクイと動かし、挑発してくる。

イラッときた俺は、立ち上がって浴槽の湯が溢れる勢いで、湯を佐々木にぶっかける。

「やったなー」

すると佐々木も負けじと立ち上がり、俺たちは狭い浴槽でお互いに風呂の湯をかけあった。

なんとも無意味な争い。でもなぜか、ちょっとだけ楽しかった。

「もー、お風呂のお湯なくなっちゃったじゃん」

「何がしたいんだお前は」

頭から身体まで濡れてしまった佐々木。

髪も服も濡れて、水が垂れている。

特にびしょびしょの服は佐々木の身体に張り付き、その華奢《きゃしゃ》な身体つきがさらに際立っていた。

グラビア写真も良かったが、生はやっぱり……ま、まずいずっと見てると、下半身が。

俺は前屈《まえかが》みになりながら浴槽から出る。

「俺、もう出るから」

「えー！　また溜めて二回戦やろうよー！」

「ガキかお前は！」

風呂の引き戸を開けると、ちょっと肌寒い空気が入ってきた。

「わたし、シャワー浴びていい？」

「構わないけど、女性用のシャンプーとかコンディショナーないけど」

「大丈夫大丈夫！　……同じ匂いっていうのもアリだし」

「ん？　どした？　やっぱ今から買ってきた方がいいか？」

「ううん違う違う！　それより、できれば部屋着も貸して欲しいなって」

「部屋着だな、後で持ってくるよ。今着てるのは、水絞って洗濯機入れといてくれ」

「りょーかいっ」

引き戸が閉まり、シャワーの音が聞こえる。

俺はその横で身体を拭き、ジャージに着替えると部屋に戻ってきた。

風呂上がりにのんびり天然水を飲む。

「ったく、佐々木のやつは自分のことお姉さんだから〜、って言う割にやることがガキっぽいよなぁ」

水を飲んだ後、スマホを開くと監督からメールが入って……。

え、監督!?　やばい！　すぐに返信しない、と？

『明日から一週間、お前を休部にする』

き、休部……？

『脳震盪《のうしんとう》のこともあるが、お前はオーバートレーニングで身体も心も追い込みすぎだ。少しは休め。以上』

文面から監督の厳しさと優しさの両方が感じられた。

一週間も練習ができない……。

高校から今まで、一週間もフリーになることはなかった。

悔しいけど、仕方ない。

オーバートレーニングは前から指摘されていたことだし、監督もいい機会だと思って判断したのだろう。

俺は「承知しました」と書いて返信した。

「さてと、佐々木の着替え探さねーとな」

洋服ダンスの中から佐々木の部屋着を選ぶ。

佐々木サイズの服は流石にないが、できるだけ小さめなTシャツと上に着るジャージ、サッカーのショートパンツを選んで、風呂場に置いてきた。

部屋着を選んだ時に散らかった衣服を片付けようと、タンスを開けた時だった。


……っん？

三段あるタンスの二段目を引いた時、違和感を覚える。

「おかしい……」

タンスの中にあったとブツ（blu-ray）を手に取る。

晩飯を食べる前、俺はブツたちを全て各段の一番下に隠したはずだ。

それなのに二段目だけは底じゃなくて服と服の間にblu-rayが挟まれていた。

「俺は間違いなく一番下に隠したはずなのに……いや、待てよ」

俺はブツの上下にある服を確認する。

上下にあったのは——黒のアンダーシャツだった。

「なん、だとっ」

俺は膝から崩れ落ちる。

まさか佐々木のやつ……あれを見たのか？

嘘だろ……嘘だと言ってくれ。

「槇島〜、着替えありがとねー」

「……」

ぶかぶかのジャージを着て、サッカー用の白いショートパンツを穿《は》いた佐々木が部屋に戻ってきた。

タオルでその短い茶髪を拭いながら、また服の匂いを嗅いでいる。

「うんうん、槙島の匂い」

「……おい、佐々木。そんなことよりお前。見たのか?」

「見たって……?　あ」

佐々木の顔が固まる。

俺の手元にあるblu-rayに目をやると、額に出てきた汗をタオルで拭った。

「……見たんだな」

「み、見てない!『ドキッ、年上だらけの無人島鬼ごっこ!』なんて見てないよ!」

「やっぱ見てんじゃねーか!」

☆☆

「槙島も男の子だもんね。でも……『ドキッ、年上だらけの無人島鬼ごっこ』ってタイトルは流石に……ちょっとキモいかなって」

佐々木はいつも通り赤面しながら俺にダイレクトアタックしてくる。

ちょっとどころか軽蔑されてもおかしくないくらいキモいだろ！　だ、誰か、俺をコロしてくれ。

「でもね！　槙島が年上好きっていうのは、全然悪くないんじゃないかなぁって思うな〜。これからもこのジャンルのものを」

「悪《わ》りぃ！　ちょっと外の空気吸ってくる」

「槙島!?　そこまで落ち込まなくても」

心配そうな佐々木を置いて、一旦外に出て夜風に当たる。

いろんな意味でポカポカな身体がひんやりしてきた。

「はぁ……佐々木のやつ、心の中ではめちゃめちゃキモいと思ったよなぁ」

俺が落ち込んで、マンションの廊下から中庭の方を見つめていたら、部屋の隣にあるエレベーターから天然パーマのキモ男が急に現れた。

「よーっす、槙島ぁ。元気そうだなぁ」

「阿崎《あざき》じゃねーか、ん？　なんだよこんな夜になって」

「合コンの時の報酬、渡しに来たんだよ。ほら、明日の昼に東京フロンティアの第三節があるだろ？」

阿崎から試合のＳＳ席チケット二枚が渡される。

「スパイクの方は来週届くから練習の時に渡すわ」

そう言って阿崎は手を振りながら踵《きびす》を返す。

「あ、阿崎……！」

「どうしたんだ？　ＳＳ席じゃ不満なのか？」

「そうじゃなくて！　……悪いが、俺一週間練習禁止になっちまって。来週は」

「そっか。じゃあ再来週渡すわ」

「そっかってお前、なんか冷たくないか」

阿崎は戻ってきて、俺の肩をポンッと叩《たた》く。

「……とにかく今は休め。お前は俺の大切な相棒なんだ。一緒に一軍で活躍するためにも今は休む、分かったな？」

阿崎は、らしくないイケメン口調で、「じゃあなっ」と言うと、エレベーターに乗って帰ってしまった。

阿崎と、一緒に……。

「俺も行くよ。一軍に」

脳震盪で練習に出られなかったり、点を決めたのに辛《つら》かったり、あと、佐々木に性癖がバレたり、理不尽なことばかりだけど。

「おかえり槇島。頭冷やしてきたの？」

俺は部屋に戻って、佐々木にチケットを差し出す。

「佐々木、明日一緒に出かけないか？」

「へっ？」

一週間しっかり休む——これは俺が一つ上のステージに上がるために必要なことなんだ。

六章　観戦デート。

ベッドに座っていた佐々木《ささき》は、口をポカンと開けながらチケットを受け取る。

「槇島《まきしま》が……わたしを？　なんで？」

「なんでって、特に理由はないし……嫌なら別に無理しなくても」

「い、行く！　明日《あした》暇だし！」

佐々木は食い気味に答える。

佐々木って意外とサッカー好きだったのか？

それとも今日の試合を観《み》てハマったとか？

……ま、どっちでもいいか。

「で、これはプロ？の試合なの？」

佐々木はチケットを見ながら首を傾《かし》げる。

そこからか……。

「はぁ……」

「知らないんだからしょうがないじゃん！」

俺がため息をつくと、佐々木は声を荒らげる。

「ほらっ、わたしにも分かるように説明して」

「説明……？　えーっと、日本のプロサッカーリーグで、Nリーグってのがあるだろ？」

「うん。それはわたしでも聞いたことある」

「その一番上がN1リーグで、明日観に行くのはそのN1リーグに所属する東京フロンティアの試合」

「東京、フロンティア……槙島はそのチームが好きなの？」

「あぁ。俺の出身は山梨なんだが……ずっと前から東京フロンティアのことが好きでさ」

Jr．ユースのチームも、地元山梨の下部組織ではなく、大好きだった東京フロンティアを選んだくらいだ。

しかしその後、Jr．ユースの上の年代、ユースチームに昇格することができなかった俺は、スポーツ推薦で富山の古豪『私立星神《せいじん》学園高等学校』に進学した。

「そーいや、藍原《あいはら》も東京フロンティアが好きって言ってたな」

「……もしわたしが断ってたら藍原さんを誘ったの？」

「いや？　佐々木が無理だったら、もう一枚のチケットはサッカー部の奴《やつ》にあげようと思ってたけど？」

藍原って、東フロのガチサポーターっぽいし、シーズンシート買ってたり、毎試合ゴール裏（ガチ勢の領域）にいそうだからSS席とか興味なさそうなんだよなぁ。

「それがどうかしたのか？」

「べ、別にー？」

「なんだそのニヤけ顔」

「ニヤけてないしっ」

佐々木はベッドから立ち上がると、大事そうにチケットを財布の中に仕舞った。

「試合がお昼過ぎからなら、明日は一旦帰るね。お互い準備してからどこかに集合しよ？」

「了解。集合場所は大学の駅前でいいか？」

「うん！」

想像以上に佐々木が上機嫌で安心している自分がいる。

明日の予定が決まったところで、俺たちは寝支度を調える。

「まずは、寝る場所だな……。佐々木、お前はベッドで」

俺が言う前に、佐々木はベッドの上で化粧品や鏡を広げていた。

「え？　わたしがベッドでいいの？」

「絶対最初からそのつもりだったろ。遠慮というものを知らんのかお前は」

「だって、槇島なら譲ってくれると思ったしー」

「ったく、お前ときたら」

まぁいい。俺は阿崎が泊まっていく時に使う布団を出して広げた。

「俺はこの布団敷いて寝るから。寝相悪くてベッドから落ちてくんなよ」

「あれれ？　わざわざそんなこと言うってことは、わたしに落ちてきて欲しいんじゃないの？」

「思ってねぇ。それでまた脳震盪《のうしんとう》起こしたらどうすんだ」

佐々木は「ふーん」と言ってずっとニヤニヤ笑っている。

無性に腹が立つ。やっぱタクシー呼んで帰ってもらおうかな？

「ね、槇島。新しい歯ブラシある？」

「歯ブラシ？」

「うん、この前携帯用捨てたの忘れて新しいの買ってなくてさ」

「新品なら洗面台の方にあると思う」

俺は佐々木と一緒に洗面台の前に来て、棚にあった新品の歯ブラシを佐々木に渡した。

「これでいいか？」

「うん、ありがと」

せっかく来たので、俺は自分の歯ブラシに歯磨き粉を付けた後、歯磨き粉を佐々木に渡す。

「ちょっと辛《から》いかもしれないけどいいか？」

「気にしないから大丈夫っ」

俺たちは自然と洗面台の前に並んで、一緒に歯磨きをしていた。

流れでこんなことしてしまったが、これって……カップルみたいだな。

洗面台の鏡で佐々木の方を見ると、佐々木も鏡越しにこちらを見ていた。

目が合って俺はすぐ目を逸《そ》らしたが、佐々木はずっとこっちを見つめていた。

「(なんだよ)」

「(わたしたち、なんで一緒に歯磨きしてるのかなって)」

「……」

「……」

こそばゆい空気になり、耐えられなくなった俺は、先に歯磨きを終わらせうがいをすると、さっさと布団の中に入った。

佐々木も後ろをついてくるように、部屋に戻ってくる。

「槇島、もう寝るの？」

「ね、寝るっ！」

「えー、せっかくのお泊まりなんだからもうちょっと話そうよー」

「女子会じゃねーんだ……ぞっ」

佐々木は枕を抱きながらベッドに座り、布団で横になっている俺を見下ろした。

佐々木の生足が俺の腕に当たって、ぶかぶかTシャツの袖から佐々木の脇がチラリと見える。

「キミはわたしに聞きたいこと、ないの？」

「きっ、聞きたいこと……？」

「今ならなんでも、答えてあげるっ」

佐々木に……聞きたいこと。

急にそんな話題振られても出てこないんだが。

「そ、そうだな……例えば、初恋の話とか？」

「初恋っ⁉」

「どした？　なんでもいいんだろ？　やっぱり答えられないとか言わないよな」

「む、むぅ……」

佐々木は両手で抱えていた枕に顔を埋《うず》める。

ふっ。流石《さすが》の佐々木でも恋バナは――。

「高校生くらいの時に」

「話すのかよ！」

「へ？　だって、聞きたいんでしょ？　わたしの初恋」

「ま、まぁ、気になったからな」

佐々木のやつ、ちゃんと恋とか経験してたのか……。

俺は複雑な心境で佐々木の話に耳を傾ける。

「高校生くらいの時にね、お仕事で遠出したんだけど、そこで見かけた男の子のことが気になって……」

「待て。初恋が高校生の時なのか？」

「ダメなの？」

「別に、ダメってわけじゃないが……」

高校生になるまで恋愛をしたことがないのは意外だった。

国宝級に可愛《かわい》いんだから、周りの男子が黙ってないと思うが……。

「その仕事先で見かけた男子のことが段々好きになっちゃったっていうか。見た目もカッコよくて、ストイックな印象で……。でも、一度も話したことないし、面識もなくて

「……」

「諦めたのか？」

「ううん！　諦めてない！　諦めて……ないからっ！」

顔を埋めていた枕から、目だけを出して必死な眼差《まなざ》しを向けてくる。

そっか……佐々木って、ちゃんと好きな奴がいるのか。

そりゃ、そうだよな。佐々木も立派な女子大生なんだから。

「早く見つかるといいな、その初恋の男子」

「……うん」

話を振っておいてなんだが、初恋トークって、こっちまで恥ずかしくなってくるよな。

「槇島は？」

「お、俺？」

「槇島の初恋も聞かせて」

「……よし。佐々木が誤魔化さずにちゃんと話してくれたんだし、男として、俺も話さないとな」

俺は一度身体《からだ》を起こすと、正座をして、意を決する。

「……そう、俺の初恋は四歳の時だ」

「四歳⁉」

「おう。俺の初恋は、隣の家に住んでた大学生のお姉ちゃんで」

「うわ……」

その後も俺は、初恋の話として、隣の家に住んでいたお姉ちゃん（現在三十五歳人妻）について語った。

「なんていうか……槇島って、普通にキモいよね」

「おい！　なんでそうなる！　真面目に初恋の話したじゃんか！」

「今もそのお姉ちゃんのことが好きなの？」

「それはないな、もう人妻だし。それに俺、男子校に三年間いたから恋とか分かんなくなったっつーか」

「そう、なんだ」

無駄にドキドキした初恋トークは、お互いに無言になって終わった。

佐々木は就寝前のスキンケアを始め、俺は布団で寝転びながらサッカー雑誌を眺めていた。

ほんと、なんだったんだ、さっきの時間……。

お互いの暴露大会して終わっただけで、誰も得していないような……。

佐々木のスキンケアが終わったら、俺は身体を起こして電気を消した。

「明日、楽しみだな」

「うん！　……おやすみ、槙島」

「おやすみ、佐々木」

佐々木との長い一日が、終わった。

☆☆

深夜一時。

零時からずっとベッドの上で天井を見上げていたけど、なかなか寝付けない。

一方、下の布団で寝ていた槙島は既に眠っているようだった。

女子が隣で寝てるんだからもっと意識してよ！

わたしは自分の胸に手を当てる。

槙島のタイプの女性……か。

年上っていうのはクリアしてるけど、槇島が隠してたblu-rayのパッケージにいた女性は胸が大きかった。

わたし、胸は平均的なサイズだし、包容力もないし、子ども扱いされるし……。

やっぱり槇島は、藍原さんみたいに胸が大きくて、優しい女子の方が好きなのかな……？

昨日、病室で見たあの光景が頭の中で蘇《よみがえ》る。

泣いている槇島を慰める藍原さんの姿。

わたしは槇島よりお姉さんなのに、藍原さんみたいに槇島のこと、慰めてあげられない。

このままじゃ、槇島は――。

……ダメ、弱気になっちゃダメ。

今日は、かなり槇島と距離詰められたし！　何より槇島の方からわたしをデートに誘ってきたんだよ？

大丈夫。槇島はちゃんと〝わたし〟を見てくれてるもん。

弱気になるな、佐々木絢音《あやね》っ。

Genesistarsでセンターを取った時と同じ。トップを取るなら一度たりとも弱気になっちゃだめだ。

「……んー、佐々木ぃ」

下の布団からわたしを呼ぶ声がする。

槇島の方を見ると、瞼《まぶた》を閉じていたから、どうやら寝言みたいだった。

もしかして、わたしの夢を見てる……？

「……あ、こら……や、やめっ……そこは……お、おいっ」

うなされる槇島。

き、気になる。夢の中のわたしは、槇島に何をしてるの……？

まさか……え、えっちな⁉

気になりすぎたわたしは、その後も耳をすませていたけど、夢の続きを聞くことはできなかった。

「はぁ……」

どんな夢だったんだろ。

明日の朝、直接槇島に聞いてみよう、かな……。

次第に眠くなってきたわたしは、いつの間にか寝入っていた。

☆☆

カーテンから差し込む朝の日差しで目が覚めた俺は、スマホで今の時間を確認する。

朝の、七時……？

あくびをして、ぼんやりと天井を見上げた。

今日のベッドやけに硬いな……それに、天井も遠いし……。

あぁ、そういや俺は布団で寝たんだった。

「すぅ、すぅ……」

耳元で、可愛らしい寝息が聞こえる。

横目で寝息のする方を見てみると隣には茶髪の美少女が…………ん？　美少女⁉

知らない間に俺の右腕を枕にして、真隣で寝ていた佐々木絢音。

陽光でいつも以上に明るく見える茶色のミディアムショートヘアが、寝癖で乱れている。

「しゃっ、佐々木……っ」

「すぅ……」

瞳を閉じ、アヒル口で可愛らしい寝息を漏らす佐々木。

寝顔まで可愛いとか、反則だろ。

こうやって間近に見ると、まつ毛が長くて艶肌で……少しでも触れたら一瞬で溶けてしまいそうな。

寝顔をずっと見つめていたら、突然佐々木の目がパチッと開く。

三秒の空白があり、佐々木は次第に頬を赤らめた。

「え？　え？」

「おはよう佐々木」

「なっ！　なんで槇島が隣で寝てるの⁉」

「それは俺が聞きたい。ここ、俺の布団だぞ？」

「布団？」

佐々木は辺りを見回して、自分が寝ている位置を確認する。

「ちょっとなんで腕枕してんの！」

「知るか！」

「……も、もしかして槇島はわたしをベッドから引きずり下ろして、いかがわしいことしたんじゃ」

「するわけないだろ！」

佐々木は不審そうなジト目で見てくる。

冤罪《えんざい》にも程がある。

「ったく、デートの前だってのに、そんなことしたら気まずくなるだけだろ」

「デート？」

「あ」

やっべ、何勝手にデートとか言ってんだよ俺……。

これじゃ、まるで俺が楽しみで浮かれてるみたいじゃんか。

「違っ！　間違えた！　お、お出かけって言おうとしたんだ」

ジト目から一転、佐々木は目を細めて口角を上げると、からかう時の顔になる。

「デートぉ？　へぇー、槇島はデートだと思ってたんだ？」

「だから違うって」

「ふーん」

「あーもうデートでもなんでもいい！　とにかく俺は何もしてないからな！」

「はいはい分かってるっ。デートを楽しみにしてた槇島クンならそんなことしないもんね？」

佐々木は得意げな表情を浮かべて煽《あお》ってくる。

恥ずかしくて今すぐにでも逃げたい俺だが、一度落ち着くため、大きく深呼吸をした。

「ほ、ほら、もう七時だ。朝メシにするぞ」

「うんっ」

その後も俺がデートと言ったことで揚げ足を取られたが、なんだかんだで佐々木が上機嫌だったから安心した。

「それにしても、なんでお前は俺の布団に……」

「わたし昔から寝相があんまり良くないからそのせいかも。槙島の頭の上に落ちなくて良かったぁ」

「そうだな……じゃねーよ！　やっぱお前のせいじゃねーか！　分かった上で芝居打ったな⁉」

「だってー。槙島ってなかなかからかえないし、おもしろいんだもーん」

「こいつっ！」

昨日から佐々木に振り回されっぱなしだな俺。

その後、佐々木と賑《にぎ》やかな朝食を済ませると、佐々木は一度自宅へ帰った。

突然の泊まりだったため、一度帰って色々と準備をしたいらしい。

朝から色々あって騒がしかったが、やっと一人になれたな。

「昼まで時間あるし、洗濯でもするか」

俺は昨日の試合で使った衣類を洗濯機に入れ、部屋にあるさっきまで佐々木が着ていた服を手に取る。

やけに生暖かいのが、男心を擽《くすぐ》る。

「い、いかんいかん」

俺は雑念を断ち切って、洗濯機に全部入れる。

こんなところで欲に負けたら佐々木の思う壺《つぼ》だ。

理性を保て、槙島祐太郎《ゆうたろう》。

俺は洗濯ボタンを押し「はぁ……」と深いため息を吐《つ》く。

後悔なんて、断じてしてないからな。

その後ベランダに洗濯物を干し、部屋の片付け（ブツを元の場所に戻す）をして、待ち合わせの時間が近くなったら東京フロンティアのユニフォームを着て高東大《こうとうだい》の最寄駅へ向かった。

☆☆

駅に着くと、俺と同じように東京フロンティアのユニフォームを着たサポーターたちが改札の中に入っていく。

まだ約束の三十分前。

ちょっと早く来すぎたか？

「ハーフタイムショー、マジ楽しみだよねー？」

「あの MIZUKI が来るんでしょ？　さっき本人がミスってスタジアムいるとか言っちゃってたらしいし」

「サプライズの意味ねー」

「あたしめっちゃ写真撮っちゃお」

かなりハイテンションの女子サポーター三人組とすれ違った。

ハーフタイムショー？　誰か来るのか？

「まーきしまっ。お待たせ」

女子サポーターたちを見ていたら、その反対方向から佐々木に声をかけられた。

「おお、さっきぶり」

「ねー今、あの女の子たちの方見てたでしょ」

「見てねーよ！」

「ふーん」

佐々木は疑いの眼差しをこちらに向けてくる。

見てねぇって言ってんのに。

「それより槇島に借りたユニフォーム着てきたよー。どうかな？」

緑地で左側には赤の一線が引かれた東京フロンティアのユニフォームと、ユニフォームに合わせた黒のミニスカート。

その瞬間だけは着けていた変装用メガネと黒マスクを外し、ご機嫌な様子でニコッとその白い歯を見せた。

「うん、似合ってる」

「でしょ？」

「今日は人も多いし、色々と気をつけないとな」

佐々木はこくりと頷《うなず》きながら、変装用メガネと黒マスクを着け直した。

二人で改札を通って、ちょうど来た電車に乗り込む。

パンケーキを食べに行った時もそうだったが、佐々木は電車の中では一切喋《しゃべ》らない。

混雑した車内の隅に立ち、ひたすらスマホに目を落としながら、自分の前に俺を立たせることで他の乗客との間に壁を作っていた。

ちなみに、目の前にいる俺と目が合うと、俺が目を離すまで絶対に目を逸らさないのが、なんか怖い。何か言いたいことでもあるのか？

しばらくして降りる駅が近づいてくると、俺はハンドサインで『次降りるぞ』と伝えようとする……が、俺が伝えようとする前に、佐々木からlimeが入った。

なんだ？　次の駅で降りるの知ってたのかな？

limeのアプリを開いた瞬間、俺は目をかっ開《ぴら》く。

『キミの左後ろ。ずっとこっちを見てる子がいる』

limeで送られてきたその文を見た瞬間、一気に血の気が引く。

嘘《うそ》……だろ。

左後ろを確認すると、たしかに、小学生くらいの女の子がずっとこちらを見ていた。

……いやいや、分かるわけない。

マスクもしてるし、メガネもしてる。

髪色も現役時の明るい茶色じゃなくて暗めの茶髪だし、厚底ブーツで身長も高めに見えてる。

それに、俺が最初に綺羅星《きらぼし》絢音だと分かった時と同様、いくら怪しいと思っても、マスクの下を見ない限り断定はできないはずだ。

俺が心中かなり焦っていると、スタジアムの最寄りの駅に到着して、電車が止まる。

「行こう」

俺は佐々木の手を取ると電車から降り、周りを見回しながら早足で改札を通り過ぎる。

どこでもいい、とにかく人気《ひとけ》のない場所に行かないとっ！

スタジアムから逆走し、人気のない路地裏まで来て、やっと足を止めた。

「……こ、ここまで来れば大丈夫か？」

俺たち以外誰もいない場所まで来たのに、佐々木は何も喋らない。

何かあったのか？

「さ、佐々木？」

佐々木の方を振り返ると、佐々木の背後には小さな影が……。

まさか、佐々木が喋らないのは……。

俺と繋《つな》いだ手とは反対の手。

佐々木のその手を握っていたのは、電車の中にいた小学生くらいの女の子だった。

「お姉ちゃん……もしかして絢音ちゃん？」

その女の子は、か細い声でそう尋ねる。

同ゼミの女子にすらバレてない佐々木が、こんなにもあっさりバレるとは……。

子どもの直感は恐ろしいな。

「佐々木、人違いだと言ってもう行こう」

俺が手を引こうとすると佐々木は「待って」と言い、その子の目線に合うようにしゃがみ込む。

「キミ、綺羅星絢音のファンなの？」

佐々木は優しい声でそう尋ねる。

「うんっ。ずっと絢音ちゃんが大好きで……絢音ちゃんはずっと、私の目標だったの！」

「そっか……」

「でもね、最近テレビで観なくなったから、心配してたの」

舌ったらずで言う女の子。

その子の頭を佐々木は優しく撫《な》でた。

「お、お姉ちゃんは、絢音ちゃん……なの？」

不安げな表情で再び尋ねる女の子。

佐々木はそれに答えるように無言でこくりと頷いた。

み、認めた……？　いいのか佐々木？

「絢音ちゃん元気そうで良かったー！」

「心配させてごめんね？」

素性を明かして大丈夫なのかと佐々木に聞こうと思ったが、ファンの女の子とふれ合う彼女を見ていたら、部外者の俺が割り込むのは野暮ったく思えた。

「ねぇあなたのお名前は？」

「し、しずく……」

「しずくちゃんかぁ。わたしが目標ってことはさ、しずくちゃんもアイドルになりたいの？」

「うん！　絢音ちゃんみたいにみんなを元気にできるアイドルになる！」

「元気に……？」

「うん！　私ね、ずっと身体が弱くて、お友達もできなくて……辛《つら》かったけど、絢音ちゃんを見てたら元気にお外へ出られるようになったの！」

「……そ、そっか。なら、良かった」

佐々木はそう答えながら立ち上がると、自然に俺の手を取った。

「しずくちゃん。ここでわたしと話したことは、わたしとしずくちゃんだけの秘密にしよっか」

「え？　そっちの男の人は入れてあげないの？」

「うんっ、こっちの男の人はわたしのボディガードさんだし」

「おい。誰がボ――」

佐々木は半端ない握力で俺の手を握ってくる。

「グァッ」

俺が痛みで悶《もだ》えていると、佐々木はその場にしゃがんで女の子と目線を合わせる。

「約束してくれるなら、このカチューシャあげる」

佐々木は頭に着けていた赤いカチューシャを手に取ると、その子に渡した。

「わぁぁっ。いいの!?」

「その代わり、約束、守れるかな？」

「うん！」

女の子はカチューシャを大切そうに受け取り、自分の頭に着けた。

ずっと憧れてたアイドルからのプレゼントなんて、一生の宝物になるだろうな。

「ねー、絢音ちゃんも今日の東フロの試合、観に来たの？」

「うん、そうだよ」

「じゃあもしかして！　今日のハーフタ――」

その時、女の子のポケットから着信音が聞こえる。

その子は電話に出ると苦い顔をした。

「先に電車から降りてはぐれたから、お母さんに怒られちゃった」

そりゃそうだろうな。

「絢音ちゃんカチューシャありがと！　またねっ」

「うん」

佐々木は軽く手を振って、その子がスタジアムの方へ走っていくのを見送った。

「行っちゃったな」

「はー、久しぶりのファン対応疲れたぁ」

「お疲れ。お前って意外と子どもの扱い上手《うま》いのな」

「まあねっ！　わたし、お姉さんだからっ」

佐々木はあまりない胸を張りながら、マスクで見えないが、おそらくドヤ顔をしている。

俺たちは路地裏からスタジアム通りに出て、目的のスタジアムへ向かって歩き出す。

「変装してても意外とバレるもんだな」

「子どもってさ、もしも違うって言われた時の羞恥心とかないから、少しでも似てると思ったら声かけちゃうんじゃない？」

「そう思うなら尚更《なおさら》、自分が綺羅星絢音って明かさなくても良かったんじゃないのか？人違いって言えばバレずに済んだろ」

「そうだけど……わたしも昔あの子と同じことしたから」

「え？」

「子どもの頃にね、たまたま街で見かけたアイドルに声をかけちゃったことがあったの」

佐々木はスマホの写真フォルダを開くと、俺にその写真を見せる。

写真には、幼い姿で当時は黒髪の佐々木と、隣には明るい髪色の女性が写っていた。

「隣にいるのが、わたしがアイドルを目指すきっかけになった人」

アイドルに詳しくない俺からしたら、知らない女性だったが、きっと分かる人にとっては有名なアイドルなのだろう。

「さっきの子とこの写真の時のわたしを重ねちゃってさ……当然、いつもなら違いますって言うけどね」

「そっか」

スタジアムに近づくと、スタジアム通りを歩く人が増えてきて、佐々木の口数が少なくなってくる。

大通りの先にある白い階段を上りきると、巨大なスタジアムが目の前に現れた。

自分たちと同じ、もしくは敵チームのユニフォームを着た観客がスタジアムの前を行き交う。

「凄《すご》い人の数……。これ全部サッカー観に来た人？」

「そうだ。東京フロンティアは、毎試合一、二万人以上入るし」

「へぇ……」

まぁ、アイドル時代、毎公演で数万人集めてた綺羅星絢音からしたら驚きはないのかもしれないが。

俺と佐々木は人の流れについていくように歩き、入り口前のスタッフにチケットを見せると、荷物検査を通る。

久々に来たせいか、スタジアムが近づいてくると高揚感を覚える。

最近は大学の試合とか練習とかがあって、なかなか試合を観に来られなかったからなぁ。

今すぐにでもピッチを観たくなった俺は、さっそくスタジアム内へ入場しようと思ったのだが。

「ねー槙島っ、食べ物たくさんあるよー」

スタジアムの中へ入ろうとする俺の手をぐいぐい引っ張る佐々木。

「スタジアムグルメか。結構並ぶし、それより早くピッチを」

「もー！　わたしたちは指定席なんだからゆっくりでいいじゃん。ほらほら先に食べ物買うよ！」

「えぇー」

佐々木に手を引かれ、俺は佐々木と一緒にスタグルの列に並ぶことになった。

「で、何食べるんだ？」

「ベビーカステラと、クレープと、あとタコス！」

「クレープとタコス？　同じようなもんだろ」

「いいのー！」

佐々木は試合前からはしゃいでいた。

☆☆

紙袋のベビーカステラに目を輝かせる佐々木。その隣でクレープとタコスを持たされる俺。

「歩きながらは行儀悪いし、食べるのは座ってからな？」

「分かってる！　すぐ子ども扱いするんだからっ」

嘘つけ、食べようとしてたくせに。

買うものを買った俺たちは、指定のゲートを通ってスタジアムの中へ入った。

スタジアムの中から外へ向かって強い風が吹き抜ける。

風に逆らいながらメインスタンド側の下層にある指定席に行き、ピッチを見渡す。

気持ちの良い快晴の空の下、ピッチに水を撒《ま》くスプリンクラーから虹が浮かび上がる。

スプリンクラーが止まるのと同時に、青々とした芝が顔を出す。

こんなに綺麗《きれい》に整備されたピッチでボールを蹴られるなんて、羨ましい限りだ。

「すっごい近いね。ここからならファンサとかもよく見えそう」

「佐々木はこのスタジアムでライブとかしたことあるのか？」

「立地的にここのスタジアムは使ったことないかな？　でもこうやって、大きなスタジアムのピッチを観客席側から見るのは新鮮」

佐々木は少し前までこのスタジアムと同じくらい広い会場の真ん中にいたんだもんな……きっと感慨深いものがあるだろう。

と勝手に思っていたが、そんなこと関係なしに佐々木は俺からタコスを受け取って普通に食べ始めた。

「んんーっ、ピリ辛で美味《おい》ひぃー」

真面目な雰囲気をぶち壊した佐々木は、タコスを頬張るとマスクを下から上げて、咀《そ》嚼《しゃく》する。

マスクを外せないので面倒な食べ方だが……そうやって食べるしかないのか。

「タコス好きなのか？」

「うんっ、タコス大好き」

「パンケーキとかタコスとか……お前の好きなものって粉ものばっかだな。このクレープとベビーカステラもそうだし」

「いいのっ、お米より罪悪感ないから」

「同じようなもんだろ」

その後もタコスとクレープを食べる佐々木をボーッと見ていたら、いつの間にか選手たちがウォーミングアップのためにピッチへ出てきた。

観客の大きな拍手に包まれて、登場する選手たち。

「ね、槇島はどの選手を応援してるの？」

クレープを頬張りながら佐々木は聞いてきた。

「俺たちが着てるユニフォームの人だ」

「えっと、９番？」

「ほら今シュートを打とうとしてる――」

美しく映えたピッチのペナルティエリア前。

真っ白で肩にかかるくらいの髪を揺らす東京フロンティアの９番。

身長は低いが、自慢の足で敵の最終ラインを崩壊させる東京フロンティアのスピードスター。

「来田真琴《きたまこと》、あの人は俺の高校の先輩なんだ」

「わぁ、髪が真っ白で綺麗……女の子みたいに身体小さいのに、凄いシュートの威力だね」

クレープを食べていた佐々木の手が止まる。

さっきまで花より団子状態だった佐々木が、夢中になってピッチを見つめている。

俺も初めてプロのサッカーを観た時は同じだったたな。

「槇島今の見た⁉　あのパス絶対通らないと思ったのに、9番が凄い足で」

試合前だってのに、佐々木はかなりハイテンションだった。

それもそのはず。テレビじゃ分からない大きな歓声、ボール一個をゴールに運ぶため、危険を顧みずに身を投げ出す選手たちの迫力。

それがプロの世界なんだ。

ウォーミングアップが終了し、試合前のセレモニーが一通り終わった。

N1リーグ第三節、東京フロンティア対柏木《かしわぎ》レイヴの試合が始まる。

先に円陣を組み終わった柏木レイヴの黄色いユニフォームがピッチに広がった。

「敵の黄色チームは強い？」

「去年三位のチームだ」

「え、三位？　やばいじゃん。ちなみに東京フロンティアは？」

「十五位だった」

「ダントツで負けてるじゃん」

「あ、あくまで去年の話だ！　今年こそは、優勝する」

「はいはい、頑張れー」

熱くなる俺とは反対に佐々木は呆《あき》れながらまた食べ物に手を伸ばした。

試合が始まり、キックオフの直後に柏木のミッドフィルダーが東京の陣内へボールを大きく蹴り出した。

ゴール裏から選手たちのチャントが響き渡り、会場の一体感がさらに増していく。

試合は東京ペースで進み、来田真琴を中心としたスリートップの裏抜け戦術で一気に柏木の最終ラインにプレッシャーをかける。

「凄い……試合のスピードが、この前観た高東大学の試合とは全く違うね」

「そりゃそうだ。大学の二部リーグとプロじゃ差がありすぎる」

「槇島もプロに行ったら、ここで戦うんでしょ？」

「俺が……プロ？」

「うん」

いつもの調子で「何言ってんだよ佐々木」って、言おうとしたが、寸前で口が止まる。

昨日、藍原の前で散々泣いて、俺はサッカーが好きだから大学まで続けてきたんだって知ることができた……。

けど、続けてこられたのは多分それだけじゃない。

佐々木は、サッカーの知識がほぼないから、俺みたいな選手がプロの世界とは縁のない環境にいるってことも知らない。

でもそんな佐々木の無垢《むく》な一言が、俺にサッカーをやる理由を思い出させてくれた。

大学までサッカーを続ける理由は「好きだから」だけじゃないってことを。

「俺も、プロになるならこのスピードに目を慣らしておかないとな」

「そうだよっ！　だからまずは一軍に上がらないとね」

「だな」

プロになる、だなんて人前で口にしたのは初めてかもしれない。

ありがとな、佐々木。お前のおかげで、プロになりたいんだって再確認できた。

やっぱ俺、お前の前じゃカッコ悪《わ》りぃ姿を見せられねぇよ。

☆☆

試合はスコアレスドローで折り返した。

ハーフタイムになると、佐々木のもぐもぐタイムが始まり、さっきから大切そうに抱えていたベビーカステラの袋を開ける。

「もきゅもきゅ」

「よく食うなお前」

「槇島も食べる？」

「……またパンケーキの時みたいに騙《だま》したりしないよな？」

「しないって！」

「じゃあ一つ貰《もら》おうかな」

「はいあーん」

佐々木はベビーカステラを袋から一つ取り出すと、俺の口元に差し出した。

「は、恥ずかしいことすんなって」

「いいじゃん、槇島にとって今日は〝デート〟なんでしょ？」

佐々木は俺の失言をいつまでもイジってくる。うぜぇ。

「ほらほら、早く食べないと――」

『へーい！　会場のサポーターたち！』

その時、スタジアムDJのアナウンスがスタジアム全体に響き渡る。

『始まるぜハーフタイムショー！　今日のサプライズゲストはー！　なんとなんと！　元Genesistars で現在はシンガーソングライターとして活躍中の、MIZUKI ちゃんでーす！』

サポーターたちだけでなく、それを目的としたファンたちから黄色い声が上がる。

「お、おい、元 Genesistars……って、佐々木？」

ポロッと佐々木の手からベビーカステラがこぼれ落ちる。

俺は咄嗟《とっさ》の反応でそのベビーカステラを地面スレスレでキャッチした。

「あっぶねー。急にどうしたんだよ佐々——木？」

さっきまでカステラにしか目がなかった佐々木が、血相を変えてピッチを凝視している。

ゲストが元 Genesistars ってことは、佐々木の元同僚ってことだが、どうも佐々木の様子がおかしい。

スタジアムＤＪが紹介したゲストが、ピッチの中央まで歩いてくる。

前髪を左に寄せた黒く艶のあるストレートヘアの MIZUKI という女性歌手。

スタジアムの電光掲示板に彼女を映したカメラの映像が出され、その顔がアップになる。

女優とかにいそうな美人顔なのだが、そのシャープな顔だちと目力の強さから、少しキツめな性格の印象を受ける。

『MIZUKIちゃーん！　初めまして！』

『…………』

元Genesistarsってことは彼女も佐々木みたいにアイドルだったんだよな？

それにしては愛想がなさそうなんだが……。

『えー、MIZUKIちゃん！　前半が0対0のまま終わって、まだ引き分けなんだけど、ホームチームに向けて一言貰えるかな！』

『…………』

『あ、あのー？』

『…………勝てるといいですね』

『はいー！　お馴染《なじ》みのクールなコメントありがとー！　ではMIZUKIちゃん！　新曲の方、よろしくー！』

ホームアウェイを問わず、ペンライトを持った観客たちからの『MIZUKI』コールが起こる。

ファンたちの声援に応えるように、彼女のマイクから透明感のある歌声がスタジアム全体に響いた。

この声……聞いたことがある。

たしか、選手権大会テーマソングでソロパートがこの声だったような。

あまり詳しくないが、他の楽曲でもこの声は聞いたことがあった。

――って、そんなことより。

隣を見ると、佐々木は無言でMIZUKIを見つめていた。

「佐々木、大丈夫か？」

「……」

「佐々木？」

「な、なんて言うか」

観客たちがピッチ中央で歌うMIZUKIに目を奪われる中、佐々木は俯《うつむ》いて紙袋の中のベビーカステラを見つめる。

「あの人は、今、一番見たくない顔だった」

「見たくないって、あのMIZUKIは、お前の同僚だったんじゃ――」

待て。たしか、佐々木がアイドルを辞めたのは、メンバーと衝突したからって前に言ってたよな。

この反応からして、まさかMIZUKIって歌手が、佐々木の衝突したメンバーなんじゃないのか？

だったらこの時間は佐々木にとって地獄。

スタジアムにMIZUKIの生歌が流れる。

その中で俺は佐々木の手を取り、立ち上がった。

「どうしたの？」

「佐々木、荷物持て」

「荷物？」

「もうここから出よう。見たくないものを見る必要はねぇから」

「……う、うん」

佐々木は足元に置いていた荷物を手に取ると、さっと立ち上がる。

そこからは佐々木も俺の行動の意味を察したようで、無言で俺の後ろをついてきた。

☆☆

中でMIZUKIのハーフタイムショーをやっているからか、スタジアムの周辺は、人気がなかった。

　俺は佐々木と一緒にスタジアムの入退場ゲートの手前まで移動する。

「ごめん佐々木。まさかハーフタイムショーに元Genesistarsが来るだなんて全く知らなくて」

「槇島は悪くないよっ！　仮に知ってたとしても、わたしたちの事情なんて内部の人以外は知らないだろうし」

「事情……？」

「さっきのMIZUKIって子が……わたしと衝突したの」

　なるほど、彼女がアイドルを辞める原因になった事件の相手だったか。

　まあ、そんな相手でもなきゃ、顔を見ただけであんなに顔色悪くならないか。

「だから槇島は悪くない。いつまでもトラウマになってる、わたしが……悪いし」

「佐々木……」

　人気絶頂で辞めたんだ、無理もない。

　佐々木の具合も良いとは言えないし、これ以上無理させても可哀想《かわいそう》だ。

　それに……一番気がかりなのは〝ファン〟だ。

「……佐々木、もう退場して、場所を移そう」

「わたしは大丈夫だよ！　ほら顔色も良くなったし、それにまだ後半が」

「違う。サプライズなのにあんなに色の揃ったペンライトと歓声が上がるってことは、何かしらの理由でMIZUKIがここに来るのがバレてたのかもしれない。あのしずくっていう女の子みたいに元綺羅星のファンやGenesistarsのファンが大勢来てる可能性もあるから、これ以上ここにいるのは危険だ」

「た、たしかにそうだけど……いいの？　せっかく良い席取ってくれたのに……」

「どう考えても金よりお前の安全の方が大事だろ！」

「えっ」

「つべこべ言ってないで行くぞ」

「う、うんっ」

俺と佐々木はハーフタイムの間に退場した。

良い席を用意してくれた阿崎には悪いが、仕方ない。

スタジアムから駅の方に向かって歩いていると、隣を歩く佐々木が俺の服をグイッと引っ張る。

「どした？」

「その……色々ごめん」

「謝るなって。お前らしくないぞ」

「だって……」

マスク越しでも分かるくらい、佐々木は落ち込んでいた。

綺羅星絢音だとバレたら大変なことになるし、仕方ないと思うが……。

俺は何度も気にしてないと言ったが、佐々木はずっと落ち込み気味だった。

交差点で足が止まった時、目の前にあるファミレスが目に入る。

そういや俺、まだ昼メシ食ってなかったんだよな（佐々木はスタジアムグルメ食ってたけど）。

「佐々木、ちょっといいか？」

「なに？」

「よかったらこの後、どっか食べに行かないか？」

「お腹空《なかす》いたの？」

「ああ、お前が落としそうになったベビーカステラ一個しか食ってないからさ。お前の体調が良くないなら、やめとくけど」

「いっ、行きたい！　まだ帰りたくないもん！」

佐々木は少しだけ元気を取り戻してくれた。

やっぱりこいつは食べ物のことになると元気になる。

「ね、槇島」

「ん？」

「……ありがとね」

佐々木は多少恥じらいながら呟《つぶや》く。

うん、いつもの佐々木だ。

さっきまでの緊張から解かれ、安心したことでつい口元が緩む。

「なんで笑ってんの？」

「なんでもねぇ。そんなことより、佐々木は何食べたい？」

「パンケーキっ！」

「……ま、まじかよ」

☆☆

スタジアムの最寄駅から電車で数駅移動してやってきたのは、佐々木行きつけのカフェ。

前に来た時は彼氏のフリをさせられた挙句ハートを作るように言われたり、同じドリンクを二人で飲むように強要されたり……ついでに佐々木から殴られたり、財布の中にあるゴムが見つかったりと、散々な思い出しかない。

「あらぁ、絢音ちゃんいらっしゃい」

俺たちが入店すると、暇そうな様子でレジ前に座っていた女性店員が佐々木に声をかけてきた。

「来るって聞いたから、いつもの窓際の席空けといたよー」

「空けといたって、いつもお客さんいないじゃん」

「いっ、痛いところを突いてくるなぁ……。あと彼氏くんもいらっしゃーい」

「ど、ども」

この人、絶対俺たちの関係分かってるくせに、わざとカップルみたいに扱ってくるんだよなぁ。

俺たちはこの前と同じ窓際のテーブル席に座った。

佐々木は席に座るなり、メガネとマスクを外して、マスクから解放されたからか「ぷはぁーっ」と声を上げた。

「こちらがメニューでー。あ、そうそう、絢音ちゃんさぁ〜」

女性店員は、メニューを持ってくるのと同時に世間話を始めた。

「この前撮ってあげた写真、ちゃんとホーム画面にしてる？」

「この前の写真？」

俺が聞き返すと、店員はぐへへ、と不気味な笑いを浮かべる。

「写真っていうのは、彼氏くんと絢音ちゃんが手でハート作ってるやつだよ？　あの後に絢音ちゃんから欲しいって――」

「言ってないから！」

「え？　でも」

「槙島！　この人の話はまともに聞いちゃダメ。嘘ばっかり吐くし。そんなことよりほら、さっさと注文しよ？」

佐々木は俺に向かって忠告しながら、話を変えた。

佐々木のやつ、本当にあんな恥ずかしい写真を欲しいって言ったのか？

まあこの店員のことだ、佐々木の言うように嘘かもしれないし、そうやって本当はカップルじゃない俺たちをからかっているのかもしれない。

「わたしはいつものパンケーキセットで。槙島はどうする？　今日はカップルのやつ頼まないけど」

「当たり前だ。またあんなヤバいメニュー頼まれたら堪《たま》ったもんじゃない」

「……別に、わたしは」

「ん？」

佐々木はボソッと何かを言ったみたいだが、首をプルプル振って、メニューを俺に押し付けてくる。

「お、お腹空いてるなら！　ホットサンドとかどう!?　ここのホットサンド、チーズがトロトロで美味しいし！」

やけに焦りながら俺にホットサンドを勧めてくる佐々木。

空きっ腹にパンケーキはキツいし、そこまでおすすめなら、ホットサンドにするか。

「じゃあホットサンドと……飲み物はアイスティーで」

「もぉ、彼氏くん？　そこはカップルセット頼むところだよー？」

「はい？」

「槇島！　耳を貸しちゃダメだから！」

「お、おう」

店員はニンマリと含み笑いをしながら注文を聞くと、キッチンの方へ行ってしまった。

「もぉ、すぐにからかってくるんだから」

「前に来た時も思ったけどさ、佐々木はあの店員とやけに仲良さげだよな？」

「……まぁ一応、アイドルの頃からの付き合いだし」

「アイドルの頃？」

佐々木はお冷で喉を潤してから、再び口を開く。

「アイドルの頃は毎日仕事仕事仕事で……たまの休日にここに来るのが楽しみだったの。最初はお客さんが全然いないから、ここのカフェを選んだんだけど、ここのパンケーキを食べたらすっごい美味しくて、いつの間にか仕事終わりにも通うくらいになってた」

「へぇ……じゃあ、佐々木はこのカフェに三、四年くらい通ってるのか？」

「うーん、アイドル引退後の去年一年間は海外にいたから通えてなかったかな。わたしが一年ぶりに日本へ帰ってきたら、知らない間にカップルメニューの特大スフレパンケーキセットができてて」

「なるほど……それで俺を利用したと」

「利用したなんて人聞きの悪いこと言わないでよ！　槇島のリフレッシュも兼ねてたんだから」

おかげで自主練以上に疲れたんだけどな。

「それより佐々木って、海外留学してたんだな？」

「うん。引退後は色々と詮索されると思ってたし、前々からわたしのことを誰も知らない海外で、ゆっくり休みたいと思ってたから、一年間語学留学してたの」

「へぇ……」

元トップアイドルで、今だって変装を欠かせないくらいだし、日本では生活しづらいんだろうな……。

「あれ？　それならなんで日本の大学に進学したんだ？　そのまま海外の大学でも良かったんじゃ」

「そっ、それは！　そのー」

佐々木はばつが悪そうな顔をして、お冷をぐびっと飲み干す。

「もしかしてまずいこと聞いちゃったか？」

「そんなことは、ないんだけど……」

佐々木の反応からして、明らかに話しづらい何かがあるようだった。

「佐々木、話しづらい事情があるなら無理に答えなくても――」

「お、親に！　海外より日本の大学を勧められて、それで高東を選んだっていうか！　ほんと、いつも勝手なこと言ってきてさー！　困っちゃうよね、あはは」

さっきまで答えづらそうにしていた割に、急に饒舌《じょうぜつ》になる佐々木。

間があったし、嘘くさい気もするが……まあ、これ以上踏み込むのは良くないか。

「語学留学してたなら、英語とかペラペラなのか？」

「うんっ。英語とフランス語は喋れるよ？」

「す、凄いな」

「槙島が海外のサッカーチームに行くことになったら、通訳でついていってあげようか？」

「俺が海外？　ないない」

「なんでよっ。普通、ヨーロッパを目指すんじゃないの？」

「そりゃ、サッカーやってる奴なら誰もが一度は夢見るが……本気で目標に設定できるような甘い世界じゃないし」

今では、海外で活躍する日本人選手が増えてきているものの、俺みたいな無名選手には手の届かない世界だし。特に最高峰のイングランドリーグは、日本人の成功例が少ない。

「どうせプロになるなら、ヨーロッパ目指そうよ！　海外楽しいよー、景色も文化も、全部違うし！」

「なになにー？　二人で家族計画でも立ててるの？」

俺たちの会話を遮るように、店員が注文したドリンクを持ってきた。

「家族計画なんて立ててないからっ！」

佐々木は否定しながら、店員が持ってきたドリンクを飲んだ。

「彼氏くんも絢音ちゃんに合わせるの大変だねー」

「そ、そっすね」

「……ねぇ、あたしに乗り換えてみる？」

その瞬間、ドリンクを飲んでいた佐々木は急に咽《む》せ返る。

「ケホッ！　ち、ちょ、何言ってんの！」

「じょーだんじょーだんっ。あ、でも、連絡先は後で教えてあげよっか？」

「ダメッ！　槇島、連絡先受け取ったら怒るから」

「言われなくても貰わねーって。それに店員さんも冗談って言ってるだろ」

「うーん、半分本気だったり？　だって彼氏くんイケメンだしー」

「もー！　ダメだから！」

「あらぁ、絢音ちゃん面倒くさい彼女みたーい」

「めっ、面倒くさくないし！」

さっきから店員のおもちゃにされる佐々木。

店員がからかいすぎたせいか、佐々木は臍《へそ》を曲げてそっぽを向きながらストローを咥《くわ》えていた。

「いやぁ。絢音ちゃんって、スルメみたいに噛《か》めば噛むほど味が出るというか、からかうほどに反応が面白くて、つい」

「もぉ、なんでもいいからパンケーキっ」

「はいはい。もうちょっとでできるからー」

店員はそう言い残し、キッチンへ戻っていった。

「佐々木って、からかわれる耐性ないよな？」

「うっさい」

佐々木はまだご機嫌斜めのようで、ツーンとしながらずっと口を尖《とが》らせていた。

「連絡先、貰わないでよ」

「だから貰わねーって。別にあの人に興味ないし。どんだけ俺への信用ないんだよ」

「……年上好きだから」

「それは……まあ」

「否定しろばかっ！」

佐々木はその後も終始荒ぶっていた。

☆☆

佐々木と一緒にサッカー観戦した翌日。

俺は、佐々木が昨日寝ていたベッドの上で佐々木の残り香に悶々《もんもん》としながら目を覚ました。

朝起きたら隣に佐々木がいるなんてことは、もう二度とないんだろうな……。

謎の哀愁が漂う。

い、いやいや、当たり前だろ。佐々木がいたあの一日がイレギュラーすぎたんだし。

「……とりあえず、顔洗ってくるか」

そう思い立ち、ベッドから起き上がる。

たまたまちゃぶ台の上で充電中だったスマホが目に入り、スマホに通知が入っていたことに気がついた。

ん？　阿崎からlimeか。

俺は充電ケーブルを外し、ベッドに座りながらスマホを弄《いじ》った。

『阿崎：槇島。大切な話がある』

大切な話？　なんだよ急に改まって。

そういやこの前、スパイクがどうのって言ってたからそのことかな。

俺が『スパイクのことか？』と聞くと、すぐに既読がついて返事が来た。

『阿崎：違う。もっと真面目な話だ、よく聞け』

阿崎が真面目な話をするわけないので、俺は適当に流し見する。

『阿崎：前回の合コンは我々の失敗に終わった』

お前らが勝手に自滅しただけだろ。

『阿崎：しかし、次こそはヤるぜ』

つ、次……？　こいつはさっきから何を言って……。

阿崎の一人語りを流し見していた俺は、痺《しび》れを切らして返信する。

『槇島：次ってどういうことだよ』

『阿崎：またセッティングしてやったんだよ！　詳細は今日の練習前にお前の部屋に行くからそこで話す！』

まさか阿崎の野郎、また合コンメンバーに俺を入れたんじゃ。

練習前ってことは……もうすぐ来るかもしれないな。

俺は寝ぼけた身体を起こすために熱いシャワーを浴びて、トースターでパンを焼きながら粉末コーンスープにお湯を入れてちびちび飲む。

「一昨日佐々木が作ってくれたポタージュスープ、美味しかったよなぁ」

スープだけじゃない、パスタもポテトサラダも美味しかった…………量だけは異常だったが。

俺はこの二日間で、佐々木の色んな面を見た。

料理をする佐々木、風呂に入る（着衣）佐々木、俺の腕で眠る佐々木、子どもに優しい佐々木。

すぐ怒るし、年上アピールがウザくて、その割に子どもっぽいが、最後には百点以上の笑顔を見せるから、嫌いになれない。

そんな佐々木も、ちゃんと年ごろの女の子として恋愛してて、過去に仕事先で見かけた初恋の相手を捜していた。

佐々木絢音って人間は、俺なんかのために一晩面倒を見てくれるくらい根っからのお人《ひと》好《よ》しだ。俺はせめてものお礼として、佐々木の恋を応援してやりたい。

「国宝級の美少女が一目で惚《ほ》れる男ってどんな顔してるんだろうな？」

一度でいいから見てみたいよなぁ。

ジョニーズとか韓国系アイドル並みのイケメンなのか？

意外とハリウッド俳優みたいな欧米風の顔だちだったりして。

……どっちにしても、芸能界レベルのイケメンなんだろうな。

急に胸がモヤモヤして、その靄《もや》を晴らすため、俺はコーンスープを飲み干した。

「あっつ！　……ん、ん？」

ポケットの中にあったスマホが急にバイブする。

着信……？　あぁ、阿崎からか。

『おう槙島ぁ！　マンション着いたから部屋の鍵開けとけよ』

「朝からうるせぇな。借金の取り立てかよ」

スープのカップを片手に、俺が鍵を開けると、数秒後にジャージ姿の阿崎が部屋に入ってきた。

「うぃーっす。おはよう槙島ぁ」

「おはよ」

「なんだなんだ？　カップを片手に優雅な朝を過ごしてますアピールかぁ？　このスポ推サボり魔がっ！」

「文句なら休部にした監督に言え。俺だって練習したい」

「ダメだ。お前は休め」

「お前はどっちの味方なんだよ……オーバートレーニングの俺より、情緒不安定のお前の方が心配になる」

阿崎と部屋に移動すると、ちゃぶ台を挟んで談笑する。

昨日の東フロの試合、最近の部の様子、他にも話題は尽きないが、阿崎は本題に入った。

「槙島、前回の合コンは悔しかったよな」

「知るか。俺はお前に巻き込まれただけだ」

「俺は悔しい。あれから藍原さんが俺に対して冷たいし、新宿・渋谷でのナンパも失敗の嵐」

「お前……普段からそんなことやってんのか」

こんな下心丸出し天パー男に誘われてついて行く女子がいたら逆に怖い。

やっぱこいつを親友とか言うのやめよ。

「地元では天才サッカー少年として持て囃《はや》された俺だが、やはり都会だと上手くいかねぇもんだな」

「とっとと本題に入れ」

俺が急《せ》かすと、阿崎は「ごほん」と咳払《せきばら》いして、俺の目の前で正座する。

「お前も薄々気づいてたかもしれないが……前回の合コン、俺はお前を餌にした。女子側のリーダー格だった五十嵐《いがらし》に、部のサイトに載ってるお前の写真を渡したら、速攻でOK貰えて……すまん！」

阿崎は床におでこを擦《こす》り付けて、謝罪する。

そういえば、合コンの時、佐々木から「阿崎は槇島を餌にした」って言われたな。

その話、本当だったのか。

「槇島！　すまなかった！」

「そんな土下座までしなくても」

「もう一度力を貸してくれ」

「謝罪する気0だろ」

阿崎はちゃぶ台に肘をついて座り直す。

さっきの土下座にどれだけ誠意がなかったのかよく分かった。

「昨日lime のチャットで送った、次の合コンの話をする」

「話の切り替えが早すぎる」

「トランジションの早さはサッカー選手として必要だからな」

「お前の場合ネガトラばっかだろ」

「そうやってすぐ親友をイジるな」

「親友を売っておきながらよく親友って言えるな」

「さて、今回の合コンはな」

「聞く耳なしかよ」

阿崎はスマホをちゃぶ台の上に置いて、チャットを開くと、そのまま俺の方にスマホを滑らせた。

「なんと！　次の合コンの相手は、あの東京アリスト女子大だ！」

「東京アリスト？　洒落《しゃれ》た名前だな」

「知らないのか？」

「おう」

俺がそう答えると、鼻で笑ってくる阿崎。

「ふっ、これだから地方出身者は」

「お前もさっき自分のこと地方出身者って言ってただろ」

阿崎は無視して続ける。

「東京アリストはな、完璧な女子だけが入ることを許される日本最高峰の女子大だ。試験は学力だけでなく、淑女としての立ち振る舞いまで評価対象にされているらしい」

「要するにお嬢様大学ってことか？」

「そうだ。アリスト出身というだけで女子のカーストトップだからな」

カーストとか心底どうでもいいが……。

「で、そのお嬢様たちがお前みたいな野獣だらけの合コンに来るってのか？」

「おうよ！　槇島の写真使ったら三人釣れた」

「お前はまた勝手に」

「それによぉ」

阿崎はニヤニヤしながら人差し指でちゃぶ台を撫で始める。

「お嬢様たちもさぁ、大学内に女子ばっかだから色々と溜《た》まってんだよ。実は俺みたいな野獣の写真でも釣れたんだよなぁ、これが」

「い、いかがわしい言い方すんな」

俺はため息をつきながらキッチンに行き、トースターのパンを皿に載せて戻ってくる。

「俺は行かない。今回は報酬をチラつかせても行かないからな」

「合コンに来るアリストの女子、年上ばっかかなんだけどなぁ」

こ、こいつ……俺の性癖を知った上で口撃してきやがる。

「行かねぇっ！　絶対に行くもんか」

「そっか、来ないのか」

意外にも阿崎はすんなり諦めた様子で立ち上がり、リュックを背負った。

「じゃあ、俺たちゴールデンコンビも解消だ」

「結成した覚えがないんだが……」

「とにかく！　俺は金輪際お前にパスもクロスも出さない」

「は……はぁ!?」

阿崎は片手を振りながら部屋から出て、玄関で靴を履く。

「残念だ。お前は親友が困ってるというのに、救いの手を差し伸ばさない薄情なヤツだったなんて」

「違っ！　俺が悪いみたいに言うな！」

「……いいから選べよ槇島。ここで断ったらお前は四年間、高東大学の二軍で終わるぞ」

「……っ！」

言われた瞬間、身体がゾクッとした。

四年間、ずっと、二軍……。

「俺はお前の決定力が欲しい。反対にお前は俺の完璧なパスが欲しい。持ちつ持たれつの俺たちは常に運命共同体だ。しかし、パサーってのはチャンスメイクするだけで評価を得て、いずれ一軍に行ける。でもフィニッシャーのお前は点を決めないと一軍に行けない。関係が終わって困るのは、お前だけ」

「でも俺は！」

「合コンに参加するなら、俺は槇島祐太郎を大卒Ｎｏ．１のストライカーにしてやる。断るなら俺たちの関係はこれまでだ」

くっ……バカでクズの阿崎のくせに、悪知恵だけは一流になりやがって。

しかし、阿崎の言ってることも一理ある。

阿崎のパスセンスとサッカーＩＱを真近で見てるからこそ、今の俺は成長できている。

ここで阿崎と決別したら……高校の時みたいに、鳴かず飛ばずで終わるだけ。

「どうするんだ？　合コンに来て水を飲んでるだけで、お前はプロになれるかもしれないんだぞ？」

「……」

「さっさと決めろ、槇島祐太郎！」

俺は、変わりたい。

いつか、プロで９番を背負いたい。

その夢のために、高東大に来たんだ。

「……わ、分かったよ。その要求、呑《の》んでやる」

「槇島ぁ……」

「お前はゴミクズでカス以下の人間だけど、今の俺にとって阿崎清一《せいいち》は必要だ」

「口悪いな」

こうして俺、槇島祐太郎は、再び阿崎という名の悪魔と契約を交わし、東京アリスト女子大学との合コンに参加することになった。

七章　次なる合コンの始まり。

合コン当日。

俺を含めた八人のサッカー部員は、全席個室のムーディーな雰囲気の店にやってきた。

今回の男子メンバーは俺と阿崎《あざき》以外、全員が三、四年生で、俺は先輩たちから自分たちを持ち上げるように指示されていた。

要するに、接待合コンってわけだ。

でもこの合コンは、俺の将来に関わってるんだ。

わっしょいでも靴舐《な》めでもなんでもやってやる。

俺たちがその個室に入ると、そこには東京アリスト女子大学が誇る八人の美人淑女のお姉さんたちが集まっていて、それぞれ楽しげに会話をしていた。

女子大学生のゆるふわ空間。

その中で一人、ずっと無言の女子がいた。

室内なのに薄茶のサングラスとピンク色のマスクを着けていて、周りの女子が明るい髪色なのに対し、彼女は純粋な黒髪を一つに束ねて肩に流している。

なんだアレ、不審者か何かか？

「おいマキ」

部屋に入って早々、俺は隣にいた先輩に耳を貸すよう言われた。

「……お前はあの子の前な」

またそのパターンかよ。

先輩たちは次々と良さげな子の前に座り出す。

余り物には慣れてるからいいが……。

先輩に言われ、俺はサングラス女子の前に座った。

「……」

「……」

サングラスの下からやけに見られてるような……。

佐々木《ささき》みたいなメガネなら少なからず表情を読み取れるのだが、この子の場合、サングラスだから全く読めない。

佐々木に慣れてるせいで感覚がイカれてるけど、合コンにマスクとサングラスを外さないヤツいるか？

阿崎の言葉を借りるなら、合コンはまさに就活面接。

就活面接で顔を隠さないよな普通。

それに今回の合コンは数合わせとかなしで、ちょうど男女八人同士の参加希望者で数が合った、と阿崎が言っていた。

だから前回の俺や佐々木みたいに、数合わせで仕方なく来る人はいないはず。

自分の意思で男を捕まえるために合コンへ来てるのに、顔を隠す？　やっぱり訳が分からない。

「じゃあ自己紹介から始めよっか。槙島《まきしま》、お前からしろ」

男子側の主催者である阿崎が仕切り始め、トップバッターに俺を指名する。

俺は悪魔（阿崎）との契約上、今日は阿崎に命令されたらその命令を断ることができない。

面倒だが、さっさと済ませるか。

「ま、槙島祐太郎《ゆうたろう》です。まだ一年なんで酒は飲めねーっすけど、その代わり、いっぱいお酌させていただきます」

アリストのお姉様方は慈愛に満ちた眼差《まなざ》しで優しく拍手をしてくれる。

「じゃ、次は槙島の前に座ってる――」

サングラス女子がマスクを少しだけ下ろす。

「……佐藤月乃《さとうつきの》、文学部三年」

佐藤さんは下ろしたマスクを着け直す。

雰囲気通りで、喋《しゃべ》り方《かた》もクールな人だな。

その後も自己紹介が続き、それが終わったら自由な感じで席替えが始まった。

二対二で話したり、もう狙いが決まった先輩たちはその女の子と一対一で話したりしていた。

そして目を疑ったのはあの阿崎が、アリスト女子の中でも一番可愛《かわい》い感じの子と、さっきからイチャイチャしているのだ。

こんな悪魔みたいなヤツがモテるとか世も末だろ。

先輩たちも最初こそ怪訝《けげん》そうな顔をしていたが、阿崎清一《せいいち》は一年生ながら10番を背負う王様。つまり、先輩とはいえ口出しはできない。

王様に一番の上物を奪われた先輩たちは、他の子を狙うことになる。まさに弱肉強食の世界。

ちなみに俺は、さっきから先輩たちの会話に交ぜられては先輩たちのヨイショをやらされている（これもまた弱肉強食）。

何が面白くて三、四年になっても二軍から抜け出せずにグータラしてる先輩を褒めないといけないのか。

先輩は酔った様子で俺に肩を組んでくる。

「俺ってストイックだもんなぁ！」

「そ、そっすね」

本当にストイックなら、酒なんて飲まないし、こんな場所に来ねーよ。

こうしてる今も、一軍の選手たちはナイターでボールを蹴っている。

「はぁ……」

先輩たちをヨイショするのにうんざりした俺は、ため息をつきながら自分の席に戻ってきた。

俺、このまま阿崎を信じてていいのか？

阿崎清一を信じて、本当に俺は這《は》い上がれるのか……？

疑心暗鬼になっていると、目の前から視線を感じる。

さっきから一人で飲んでいる佐藤さん。

男に話しかける様子もないし、この人は何が目的で合コンに来たんだ？

「……槇島、さん」

突然、佐藤さんが口を開く。

「えっと……佐藤さん。俺一年生なんで、さん付けとかしなくていいっすよ」

「…………」

佐藤さんは、また無言になってしまう。

「佐藤さん？　何か俺に用があったんじゃ――」

「まっきしまくーん」

顔を赤くしたショートボブの巨乳お姉様が割って入ってくる。

俺の左腕を自慢の胸でサンドしながら、顔を近づけてくる。

「まきしまくんもぉ、飲もーよー」

胸元が露骨に開いたニットセーターから、たわわな胸が「こんにちは」っと顔を出す。

えっろ。

「ほらほらー」

「ダメっすよ。俺まだ十八なんで」

「ぶーぶー、ノリ悪いぞー」

俺は「すみません」と言って少し距離を置く。

アリスト女子大学は淑女が集まってるって聞いてたのに、ガッツリ身体《からだ》を押し付けてくるし、聞いてた話と違うんだが……。

「じゃあさぁ、今から抜け出さない？」

「抜け出す……？」

「別のお店でー、飲み直したいなぁって」

「そ、それは、ちょっと」

「合コンの前に槇島くんの写真見て、イケメンだなぁって思ってたから、二人になりたいなぁ」

まずい。

救いの手が差し伸べられたように、俺のスマホへチャットの通知が入った。

「俺！　ちょっと連絡入ったんで一旦席外します」

俺はスマホを持って逃げるようにその場を後にした。

☆☆

男子トイレに逃げ込んで洗面所の前でスマホを開く。

さっきのチャットは佐々木からだった。

助かったぜ佐々木……ありがとな。

佐々木のlimeを確認すると『佐々木：ねーねー聞いてー！　さっき窓開けたらチョウチョが入ってきたのー。もうそろそろ夏だねー』という文と共に窓際にいた蝶《ちょう》の写真が添えられていた。

「さ、佐々木……」

平和すぎて涙出そうになってきた。

残業中に子どもの写真が送られてきて、ほっこりする父親の気分になった。

「スマホ見て何ニヤニヤしてんのー？」

「えっ」

平和な世界から地獄に引き戻される。

さっきのチェリーハンターお姉様が男子トイレの中に……って、は!?

「ここ男子トイレっすよ！　なんで入ってきてるんですか――っえ」

チェリーハンターは俺の下半身に手を伸ばす。

まずい、これは……。

「槇島くんって、童貞？」

「うっわぁー、槇島くんレベルの男子を襲わないなんて高東大《こうとう》の女って、もしかしてブスばっか？」

「そ、そうっすけど」

どうやら本性を現したようだ。

チェリーハンターの鋭い眼光が俺に突き刺さる。

俺はチェリーハンターの肩を摑《つか》んで突き放そうとするが、チェリーハンターは蛇のように俺の身体にまとわりついてきて離れない。

「あら、肩ガッツリ摑んじゃってー。もしかしてキスしてくれるの？」

「離れてください！　俺にそんな気は」

チェリーハンターは瞳を閉じ、口先を尖《とが》らせると真正面から顔を近づけてくる。

ダメだ、このままじゃ。

足搔《あが》いても、チェリーハンターは手と足を絡めて離れない。

嫌だ。こんな形で初めてのキスなんて。

「佐々木……助けっ――」

コツンコツンとヒールの音が聞こえ、俺の目の前に綺麗《きれい》な右手が現れる。

キス魔の口撃は、その手に当たって、間一髪、俺のファーストキスは守られた。

「……んんっ？　ちょ、ちょっと、あんた！　なに邪魔して」

そこに現れたのは……佐藤さんだった。

なんでこの人、ここに。

「飛び入り参加の佐藤だかなんだか知らないけど、槇島くんはわたしの獲物」

「…………恥を知りなさい」

佐藤さんがそう言ってチェリーハンターを俺から剝がしてくれた。

「あ、あーあっ。興ざめ！　わたし帰る」

佐藤さんの圧に負けたチェリーハンターは男子トイレから出ていった。

た、助かった……。

「さ、佐藤さん、ありがとうございます」

「……」

「マジ助かりました、あのまま襲われそうだったんで」

「……」

「佐藤、さん？」

「…………ならお礼、ちょうだい」

「お、お礼ですか？　俺、貧乏学生なんで大層なものは」

佐藤さんはその綺麗な手で俺の顎をクイッと持ち上げる。

「……よし、合格」

「ご、合格？」

「楽曲のために、わたしの彼氏になって」

「は？　か、彼、氏？　俺が？」

「そう」

「楽曲のためっていうのは？」

「それは……何て言うべきかしら」

佐藤さんは辺りを見回して、顎に手を当てて考え込む。

楽曲、ってことは佐藤さんって音楽をやってたりするのかな？

それにしては言い淀《よど》む理由が分からない。

何か言えない理由があるのか？

「……ねぇ、槇島くん」

「どうしました？」

「ここって、もしかして……男子トイレ？」

「ええ!?　知らないで入ってきたんですか!?」

「だって……さっきの子が凄《すご》い形相であなたを追いかけていったから……心配で」

一見クールな人だと思ってたけど、もしかして意外と優しい人……なのか？

そう思った矢先、佐藤さんは俺の手を摑んで急に前を歩き出した。

「来て……」

「ちょっ、ちょっと待ってください！」

チェリーハンターに襲われたことで、女性に対して疑心暗鬼になっていた俺は、男子トイレを出たところで手を離す。

助けてくれたとはいえ、ずっとサングラスとマスクしてるし、何より本性が見えないから信用できるわけがない。

大学の掲示板とかポスターで注意喚起しているカルト系団体とか、マルチ商法とかの勧誘なのか……？

だとしたらさっき言ってた「楽曲」とか「彼氏」っていうワードも、何かを暗示しているのかもしれねぇ（彼氏＝信者、みたいな）。

「どうしたの……？　忘れ物かしら？」

「そっ、そういうことじゃなくて！」

「もしかしてお手洗いまだだった？」

「違います！」

佐藤さんは首を傾《かし》げる。

わざとボケてるのか……？

「佐藤さん、助けてくれたのはマジで感謝してます！　でもこの際だから、言いますけど……」

「……なに？」

「俺、佐藤さんのこと信用できないです」

「え？」

「だって、室内なのにマスクとかサングラスしてるし、急に彼氏になってとか楽曲がどうとか、訳分かんねーし！　も、もしかして、宗教の勧誘とかですか？　俺に恩義を感じさせるために、さっきの女と組んで自作自演だったり」

「……ねぇ、その話長くなるかしら？」

「自分の立ち場理解してないんですか!?　今、俺はあなたのことを疑ってるんですけど

「……」

俺が話す最中、佐藤さんは何も言わずに髪を纏《まと》めていたヘアゴムを外し、ずっと着けていたサングラスを俺の方に投げる。

身体が勝手に反応して、投げられたサングラスを両手で摑む。

「急に何を――っ⁉」

手元のサングラスから視線を上げた瞬間、俺は自分の目を疑った。

こ、こんなこと、あっていいのか。

俺は開いた口が塞がらない。

「わたし、シンガーソングライターっていう仕事やってるの」

このストレートの黒髪と他者を惹《ひ》きつける目力。

髪が解《ほど》けてサングラスが外れるだけで、目の前にいた人物が、別人へと変貌を遂げる。

「み、MIZUKI……さん、ですか？」

佐々木と喧嘩《けんか》別れしたっていう、あのMIZUKIだ……なんでここにいるんだ。

「わたしのこと知ってるの？」

「この前ハーフタイムショーで……って、今はそんなことよりっ」

俺は持っていたサングラスをMIZUKIに返し、周りを確認する。

幸いトイレは人目に付かない店の隅にあったので、誰かに見られてはいないが、人が来るのも時間の問題だろう。

「誰かに見られる前にサングラス着けてください！」

まずいことになったな。

佐々木といい、俺って有名人と運命的な出逢《であ》いをする手相でもあるのか？

佐々木と違って、目の前にいるMIZUKIは現役バリバリの芸能人。

こんな所に二人でいるのがバレたらスキャンダルになっちまう。

「話は場所を変えてからにしましょう。分かりました？」

「……」

MIZUKIはサングラスを着けて、ボーッとこちらを見ていた。

「どうしたんすか？」

「……あなた手慣れてるわね。普通わたしを知ってる人ならもっと驚くはず。あなた、実は芸能人とか？」

「至って普通の男子大学生ですけど……」

「そう？」

俺は阿崎にlimeで「用ができた」と送って、MIZUKIと一緒に店を出た。

さっきのチャットに既読が付き、阿崎は「ゴムして寝ろ笑」と返信してきたので、俺は再び阿崎のアカウントをブロックした。

☆☆

俺はMIZUKIを連れて、店を出た。
外はすっかり暗闇に包まれ、大通りを行き交う車のヘッドライトに目を細める。
肩を露出したトップスに、起毛感のある上着を羽織ったMIZUKI。
足の細さが際立つデニムが、スレンダーな身体つきをさらに細く見せる。
改めて見ると……スタイル良すぎだろ。
口数も少なくクールで、佐々木とは真逆な雰囲気で、話しかけるのも緊張する。
……でもこのままだらだら歩いてても時間の無駄だ。
大通りから人通りの少ない道に曲がった時、俺の方から口を開いた。
「MIZUKIさんに聞きたいことがあって」

「月乃でいい」

「し、下の名前はちょっと……。さっきみたいに佐藤さんって呼んでもいいですか？」

「佐藤は偽名」

「は、偽名？　自己紹介の時の苗字《みょうじ》、嘘《うそ》だったんですか？」

「本当の苗字は、『水』にお城の『城』って書いて、水城《みずき》」

え、MIZUKIって苗字の水城から来てたのか？

その手の芸名って、普通は苗字じゃなくて名前から取るんじゃ……。

「ねぇ……さっきから浮かない顔してどうしたのかしら？　もしかして」

水城さんは左隣から俺の顔を覗《のぞ》き込んでくる。

「……わたしのサイン欲しいの？」

思ってない思ってない。

この人、トイレで会った時からずっと察しが悪すぎる。

「サイン……鉛筆でいいなら、書くけど」

「い、要らないって言うのも失礼なんで、一筆貰《もら》ってもいいですか？」

俺はジャケットの中に入っていた阿崎のメモの端っこを取り出して千切って渡すと、水城さんはどこからか取り出した鉛筆でサインを書いてくれた。

「はい、転売はしないで」

「こんなメモの端切れに書かれたサインが本物だと思って買う人いないですよ」

「……でも、これは本物」

「じゃあ水城さん買います？」

「買うわけない。あなたは銀行に行って硬貨を買えって言う？」

「言わないですけど」

「つまりそういうこと」

なにがそういうことなのかはよく分からないが、話してる感じ頭は良さそうな人だ。

佐々木みたいに「パンケーキ！」しか言わないお子様じゃなくて安心した。

俺は書いてもらったサインを財布に入れると、話を戻した。

「水城さんは何で合コンに来たんですか」

「……」

「あんな場所に有名人が来るとか、間違いなく自爆行為なんじゃ」

「……」

俺が立て続けに問いかけると、水城さんは急に顔をこちらに向ける。

「……あなたって、本当に不思議ね」

水城さんは足を止めるとサングラス越しに俺を見てくる。

「事務所の人間も、番組スタッフも……わたしと胸襟開いて話せる人は誰一人としていなかった。わたし、口下手だから……みんな必要最低限の要件を言ったら逃げていく。でもあなたは初対面なのにさっきからやけに饒舌《じょうぜつ》」

水城さんはサングラスとマスクを外すと、優しめに俺の胸ぐらを摑んで、自分の顔を近づけた。

「あくまで推測だけど、あなた……家族に芸能人がいる？」

……もちろん、いるわけがない。

俺は山梨の果樹農家に生まれた、芸能界とは全く縁のない一般人だ。

だが、身近な場所に元芸能人がいるのは確か。

佐々木に慣れすぎたせいか……？

佐々木に慣れてるから、MIZUKI に対しても同じ感覚で話してしまっていたのかもしれない。

「答えられないの？」

この人……察しが良いのか悪いのか、分からないな。

俺は佐々木の顔を思い浮かべながら、目を逸《そ》らす。

すると、水城さんはやっと胸ぐらを離してくれた。

「……芸能人慣れしてるなら好都合。デートなのにわたしと普通に喋れなかったら、困る」

「で、デート？」

「お礼のこと、忘れてないでしょ？」

お礼って……彼氏になれって言ってたあれか？

「つまり、デートがしたいから俺に彼氏になれって言ったんですか？」

「そう。あなたには一日だけわたしの彼氏になってデートして欲しい。曲作りに必要なことだから、協力してもらえると助かる」

なるほど、MIZUKIはシンガーソングライターとして曲を作るためにデートをしたかったのか。さっき言ってた、楽曲のためっていう言葉の意味がやっと理解できた。

だからってこんな庶民の合コンに来る必要はないと思うのだが……。

女子大だから、出会いがないのか？

「じゃあ明日《あした》十時、ハチ公前で」

「ちょっ！　勝手に話を進めないでくださいよ！　俺は行くなんて一言も言ってないで

す」

このままMIZUKIとデートして、もしもスキャンダルに巻き込まれたら、本当にまずいことになる。

下手したらサッカー部退部、プロの道も……。

冷や汗が止まらない。

な、なんとか断る方法を。

「もしかしてあなた、彼女さんがいるの？」

彼女……っ。

そうだ。ここは彼女がいることにして、上手《うま》いこと誤魔化せばいいんじゃないのか⁉

「いっ、います！　俺、彼女いるんで」

今までの人生で、これほどまでに真っ赤な嘘をついたことはない。

嘘の罪悪感、半端ないな……。

「……そう」

疑いの視線から一転、水城さんは柔らかい表情を向けた。

「ならその子に悪いし、彼氏云々の話はなかったことにするわ」

案外話が分かる人で助かった。

MIZUKI とデートなんて、佐々木に悪いし、これで良かったんだ。

そうだ、これで事態は全て丸く収まって――。

「そうね……じゃあお礼を変えてもいい？」

「か、変える？」

「あなたとデートするのはやめておくけど、その代わりにあなたと彼女さんのデートの様子を曲の参考に観察させて欲しいわ」

「え……」

「それが、助けてあげたお礼ってことで」

俺と佐々木のデートを MIZUKI が参考に……？

「いいかしら？」

彼女がいると言った手前、俺は頷《うなず》くしかなかった――。

書き下ろし番外編

書き下ろし番外編　綺羅星絢音の回想。

わたしが初めて槇島《まきしま》を観《み》たのは――三年前のこと。

わたし、綺羅星絢音《きらぼしあやね》は年末年始にある全国高等学校サッカー選手権大会の公式マネージャーに就任した。

例年、現役女子高生タレントが選ばれるこの公式マネージャーだけど、今年はスポンサーの要望もあって、サッカー知識がほぼ0なわたしが選ばれてしまった。

サッカーなんて生まれてこの方、真面目に観たことがあるのかどうかも怪しい。ただの球蹴りの何が面白いのか分からないまま、わたしはその仕事を受けることになった。

そして今日はその仕事の一環で、今冬の全国高等学校サッカー選手権大会に出場が有力視されている【星神学園《せいじん》】という高校の監督にインタビューをするため、富山の山奥まで赴いていた。

見渡す限り山林という自然豊かな環境にある星神学園高校の校舎。

その隣にあるサッカーグラウンドへ足を運ぶと、グラウンドには霜が降りていた。

「絢音っ、岸原《きしはら》監督がいらっしゃったみたいよ」

事務所の女性マネージャーに呼ばれ、わたしはグラウンドの中央に現れた一人のおじさんの方を見る。

何、あの人……。

おぼつかない足取りで、ダラダラ歩いてくる髭面《ひげづら》の中年男性。

片手にワンカップの日本酒持ってるし……こんな飲んだくれみたいな人が、本当に名門校の監督なの？

「うぃー。お嬢ちゃんがマネージャー？」

「は、はい」

「可愛《かわい》いなぁ。うちの娘にしたいくらいだ」

酒臭っ、何このノンモラ親父《おやじ》。

普通に気持ち悪くて引いたけど、どうやらこの人、世界最優秀選手も指導した偉い人らしく、高校サッカー界の権威とされていた。

カメラがわたしの後からやってきて、ディレクターの合図で、インタビューが始まる。

わたしは仕事モードに入り、カメラの方を見る。

「こんにちはー！　選手権大会公式マネージャーの綺羅星絢音です！　今回は、選手権大会出場が有力とされる、過去五度の優勝を誇る富山の名門、私立星神学園高校のインタビューに来ました！」

営業スマイルを振り撒《ま》くと、岸原というおじさんは「あざといな」と嫌みったらしく言って、髪の少ない頭を掻《か》きながらその場に座った。

「あんたも座りな。このグラウンドは俺が毎日整備してるから綺麗《きれい》だ」

「すっ、座らないですけど……。グラウンドは監督自ら整備を？」

「まぁな。今年から経費削減でグラウンド整備は自分たちでやることになってよ。なあ、お嬢さん。儲《もう》かってんなら寄付してくれないか？」

「えっと、考えておきます……。そ、それより、今年の星神学園の注目選手を教えてください！」

わたしが質問すると、岸原監督は何も言わずに立ち上がり、白い息を溢《こぼ》す。

「注目選手は星神の9番を付ける一年生、槙島祐太郎《ゆうたろう》」

「槙島くん、ですか？」

「知らねーだろ？　あいつは全国的に無名。身長も175センチくらいで大きくも小さくもない。トラップも下手だし、ポストプレーも雑」

「あ、あのー？　わたしは注目選手を聞いて」

「でもな……あいつの決定力は高校生のソレじゃない。ゴール前のフィニッシュ精度だけは超高校級だ」

「へぇー」

急によく分からないことを語り出した監督。若干引く。

「とりあえず、凄《すご》い選手なんですね！」

「おう。それと顔がいい！　うちは男子校だから黄色い声援がないが、全国に出たら荒木《あらき》の大《だい》ちゃん並みに盛り上がるだろうなぁ」

あ、荒木？　……誰？

「今年の星神学園は、槙島祐太郎に繋《つな》ぐサッカーを作ってきた。つまり勝つも負けるも槙島次第。分かったな、嬢ちゃん？」

「は、はいっ！」

槙島祐太郎……そんなに凄い一年生がいるんだ。

「あっ、ほれ。噂《うわさ》をすれば……来たぞ」

カメラが向いた先にいたのは、ボールを蹴りながらグラウンドに入ってきた男子高校生。ネックウォーマーを身に着けていたその男子は、ドリブルを始めると、目の前にあるゴールに向かって足を振り抜く。

その軌道が目に残るような勢いのあるシュートで、ゴール右隅のネットに突き刺さる。

「す……凄い」

線が細い彼の身体《からだ》からは考えられないくらいの威力。

頭の中で、何度もその姿を思い返してしまうくらい……印象的だった。

粉雪が舞い始め、シュートを放った彼はネックウォーマーを外してハァーッと白い息を吐いた。

そのスラッとした立ち姿からは考えられない迫力のあるシュート。

彼のシュートモーションの残像が目に焼き付いて離れない。

凄い、カッコいい……。

「おーい、お嬢ちゃん。雪が降ってきたから校舎でインタビューだってよ」

「…………」

言葉を失うくらい、わたしは彼に惹《ひ》きつけられた。

あの時からわたしは槙島祐太郎のことを調べるようになり、このお仕事をしていれば、すぐに彼と話せる日が来ると思ってたけど……星神学園は選手権大会予選で敗れ、その願望は叶《かな》わなかった。


でも、今──。

「すまん佐々木《ささき》！　今日も寝坊したからレジュメをコピーするの忘れちまって……」

「もー仕方ないなぁ」

以前、教授からお説教された一限の授業で、また槇島はレジュメを忘れている。

わたしはタブレットがあるので、一応コピーしてきたレジュメを彼に手渡した。

「あげるけど……その代わり、パンケーキ奢《おご》りね？」

「え、ええ……」

「嫌なら別にいいよ？　また教授に怒られちゃうかもね？」

「わ、分かった！　奢るっ」

「えへへ、やったー」

槇島って、ちょっぴりだらしないけど、サッカーになると熱くなる。

今はまだBチームかもしれないけど、彼は凄い選手なんだってあの時からずっと、わたしは信じてる。

あとがき

初めまして。国宝級の美少女になりたいラノベ作家の星野星野です。

星野星野と書いて何と読むのかをよく質問されるのですが、読みはホシノセイヤです(ホシノホシノではありません。ホシノセイヤです)。

……文句なら高校一年生の時の私に言ってやってください。


私はまだドが付くほどの新人なので、自己紹介を。

私、星野星野は二〇一六年からＷＥＢ小説を書き始め、二〇二三年より商業デビューしました。

学生の間にデビューできなかったら筆を折る、と親に宣言して執筆しておりましたが、学生生活最後の年にまさかの書籍化が決まり、今に至ります。

ちなみにこの作品もラストイヤーに書いたもので、二〇二二年十月よりカクヨム様にて連載を開始しました。

知名度もあまりない無名作家の私ですが、腐らずに毎日更新をしていたら、なんと昨年末にＰＡＳＨ！文庫様からオファーをいただき、この度書籍化していただく運びとなりました。

担当編集様がこの作品を「面白い面白い」と何度も言ってくださるので、お調子者の作者はその度にモチベーションを爆上げしてます（笑）。

私は普段からＷＥＢ小説サイトに出没し、ラブコメばかりを書いているのですが、この作品はちょっと変化球を入れたいと思って書いていました。

まずは舞台を大学にして、私が大好きな『サッカー』と、特に好きではない『合コン』の要素を詰め込みました。

この字面だけならカオスな作品になりそうですが、こうやって一つの作品となって、多くの方に読んでいただけたのは、作者としては本当に嬉《うれ》しいです。

佐々木絢音《ささきあやね》や藍原《あいはら》ゆず、そして謎めいた水城月乃《みずきつきの》。

魅力的なヒロインたちや阿崎《あざき》というウザい親友に囲まれた主人公の槙島祐太郎《まきしまゆうたろう》が、今後どのように成長していくのかも、この作品の一つのテーマとなっています。

続きが書けるよう、今後も執筆活動を頑張りますので、応援よろしくお願いします。

それでは最後になりますが、まずは読者の皆様、この本を手に取っていただき、誠にありがとうございます。

さらに、この作品を書籍化する上で、ご尽力いただだいた担当編集様、PASH!文庫編集部の皆様、営業や出版に携わってくださった皆様。

そして、国宝級に可愛《かわい》い佐々木たちのイラストを描いてくださった、イラストレーターのたん旦《たん》様。

本当に、本当にありがとうございます。

次巻でまた皆様に会えることを強く願っております。

ここまで読んでいただき、誠にありがとうございました。

星野星野

この本を読んでのご意見・ご感想・ファンレターをお待ちしております。

〒104-8357 東京都中央区京橋 3-5-7
（株）主婦と生活社 PASH!文庫編集部
「星野星野先生」係

PASH!文庫

※本書は「カクヨム」（https://kakuyomu.jp）に掲載されていたものを、改稿のうえ書籍化したものです。
※この作品はフィクションであり、実在の人物・団体・法律・事件などとは一切関係ありません。

人数合わせで合コンに参加した俺は、なぜか余り物になってた元人気アイドルで国宝級の美少女をお持ち帰りしました。1

2023年9月11日 1刷発行

著　者　星野星野
イラスト　たん旦
編集人　山口純平
発行人　倉次辰男
発行所　株式会社主婦と生活社
〒104-8357 東京都中央区京橋 3-5-7
[TEL] 03-3563-5315（編集） 03-3563-5121（販売）
03-3563-5125（生産）
[ホームページ]https://www.shufu.co.jp
製版所　株式会社明昌堂
印刷所　大日本印刷株式会社
製本所　株式会社若林製本工場
デザイン　atd inc.
フォーマットデザイン　ナルティス（原口恵理）
編　集　松居 雅

 Printed in JAPAN ISBN 978-4-391-16009-3